L'honneur des Almani

FSC
www.fsc.org

MIXTE

Papier issu
de sources
responsables
Paper from
responsible sources

FSC® C105338

Brigitte Bardou

L'honneur des Almani

Roman

Du même auteur

Les portes (théâtre)
Bon voyage, Monsieur Bellock (théâtre)
Beau temps pour la saison (théâtre)
Un déca pour le roi (théâtre)
Quelque part une ville, suivi de rires de pierres (poésie)
P(l)ages (poésie, écriture collective)
Portes (poésie, écriture collective)

Couverture : Daniel Bouillot
Édition : BoD · Books on Demand GmbH,
In de Tarpen 42, 22848 Norderstedt (Allemagne)
Impression : Libri Plureos GmbH,
Friedensallee 273, 22763 Hamburg (Allemagne)

ISBN: 978-2-3224-9753-9
Dépôt légal : Novembre 2024

Le présent enveloppe le passé et, dans le passé, toute l'histoire a été faite par les mâles.

Simone de Beauvoir

À celles dont on vole la vie

Sam

1. C'est très intéressant, Sahar

Annecy, 2017

Elle dit qu'elle s'appelle Sahar, pas Sarah, comme on dit ici, Sahar Khan, qu'elle est née à Lahore et qu'elle a dix-huit ans.

Presque tout cela est faux, mais je ne le sais pas encore.

Elle est petite et mince, un visage fin, des cheveux noirs coupés très court. Elle a une étoile blanche sur la joue gauche, une cicatrice. Elle ne sourit pas, son accent s'entend à peine, sa voix est ferme, mais on devine l'énergie qu'il lui faut pour l'empêcher de trembler.

Elle dit que Lahore est une ville du Pendjab pakistanais, située à la frontière avec l'Inde, qui faisait partie de l'empire des Indes jusqu'à ce que la partition de cet empire en 1947 en fasse une ville du nouveau Pakistan. Elle dit que le mieux est qu'elle fasse un dessin. Elle attrape un stylo et dessine à toute allure une carte sur laquelle elle situe l'Iran, l'Afghanistan et, au milieu, d'un bloc, l'Inde et le Pakistan. Elle dit voilà c'était comme ça avant mais maintenant - elle attrape un stylo rouge et marque la frontière entre l'Inde et le Pakistan - c'est comme ça. Elle continue en dessinant :

— Et là, c'est le Pendjab et, là, c'est Lahore.

Tout le monde la regarde, interloqué.

Elle ajoute que cette partition a fait fuir des millions de musulmans de la nouvelle Inde vers le nouveau Pakistan et des millions d'hindous et de sikhs du nouveau Pakistan vers la nouvelle Inde, avec des massacres épouvantables, que la religion c'est compliqué là-bas, que des millions de personnes sont mortes à cause d'elle et que c'est encore vrai aujourd'hui. Elle dit que c'est pour ça qu'elle, elle n'a pas de religion.

Elle dit encore qu'elle sait que pour nous le Pakistan, c'est le terrorisme et rien d'autre.

Puis c'est le silence.

Sylvia le brise.

— C'est très intéressant, Sahar, mais parle-nous un peu de toi.

Claudie souffle sur la mèche qui lui cache un œil et jette l'autre, noir, à Sylvia. Quant à moi, je bous intérieurement. Bon Dieu, elle n'a pas parlé d'elle, là ? Dire « je n'ai pas de religion » devant une classe entière, ce n'est pas parler de soi, peut-être ! Et tu ne vois donc pas comme c'est dur pour elle !

Je vois la petite se raidir. La carapace d'assurance qu'elle s'est construite se fissure. Elle reprend d'une voix moins nette.

— J'ai quatre frères et une sœur, mais ils sont au Pakistan. Je n'écoute pas de musique. J'aime apprendre, surtout les maths et le français, et puis je cuisine bien.

— Et ton projet professionnel, c'est quoi ? reprend Sylvia, décidément en forme.

— Les maths. Enseigner ou chercher, les deux en fait.

Et elle retourne s'asseoir au troisième rang, où elle n'est plus du tout une petite chose transparente.

2. **Max et Sam, ça sonnait du feu de Dieu**

La rentrée s'était faite la veille pour nous, les enseignants. Une rentrée comme les autres, avec son lot de corvées, mais aussi le pique-nique dans la cour auquel, en d'autres temps, je participais avec plaisir. Mais pas cette année. Pas de vacances à raconter, pas de bronzage à arborer et une foutue envie de m'allonger dans un coin et de dormir. Pour une fois, Claudie n'était pas seule à faire tache. Claudie fuit le soleil comme elle fuit les contacts physiques et fait tous les ans sa rentrée « blanche comme un cul », comme aurait dit mon père, en délivrant à l'envi son petit message aux nouveaux, « Ah, non, je fais pas la bise et je serre pas la main non plus, les virus, tu comprends… ». À mon avis, c'est plus la vie que les virus que fuit Claudie. Quant à moi, qui d'habitude aime le soleil, je n'avais quasiment pas mis le nez dehors de tout l'été comme lorsque, adolescente, je ne quittais pas ma chambre dans laquelle j'avalais avec frénésie des murs entiers de la bibliothèque municipale, ce qui le rendait fou, mon père, « Bon Dieu, sors de tes bouquins ! Je n'ai pas pris une location à deux pas de la plage pour que tu rentres à la maison blanche comme un cul ! ». Mon père avait une liberté de langage qui dérangeait beaucoup ma mère, de grande famille bourgeoise et catholique pratiquante, au point de réussir, malgré les protestations de son époux, à nommer ses enfants « Jean-Marie », « Marie-Claire » et « Anne-Marie ».

Anne-Marie, c'est moi, mais mon père m'a toujours appelée Anne. Au collège, comme nous nous suivions à un an près, les autres se sont vite rendu compte de ce qui clochait, ou plutôt justement ne clochait pas, dans cette magnifique série et, si notre frère aîné qui en imposait, a eu la vie tranquille, nous, les filles, sommes très rapidement devenues Sœur Marie-Claire et Sœur Anne-Marie ce qui, bien sûr, nous a poursuivies jusqu'au bac. La veille de mon entrée en fac, alors que je ne risquais plus rien, mon frère et ma sœur ayant suivi d'autres chemins, je ne pouvais plus supporter mon prénom et il m'est soudain apparu que Sœur Anne-Marie m'ouvrait une voie royale vers SAM. « Tu t'appelles comment ? Anne-Marie, mais tout le monde m'appelle Sam ». Et, quand c'est devenu vrai, ça n'a plus été un mensonge !

Quand j'ai rencontré Max, j'ai trouvé qu'il avait le prénom idéal pour faire la paire avec le mien. Sam et Max, Max et Sam, ça sonnait du feu de Dieu ! Presque mieux que Bonnie and Clyde. Rien que pour ça j'aurais pu l'aimer. Son prénom est aussi une abréviation, mais pas de Maxime, comme tout le monde le pense, mais de Maximilien. Oui, comme Robespierre. Cette fois, c'est un choix de son père.

Maximilien De Moivre, c'est ainsi que s'appelle l'ex-homme de ma vie. Pas difficile de comprendre comment Maximilien s'est transformé en Max. En plus d'avoir un surnom en trois lettres, Max a aussi tout un tas de qualités qui le rendent aimable : d'abord, c'est un sacré beau mec et ensuite il est doué pour tout : la musique, l'écriture, la cuisine, l'informatique. Quand il était gosse on l'a catalogué « HP », « Haut Potentiel » et, il n'y a pas de doute, du potentiel, il en a ! Le problème avec les HP c'est que parfois ils sont complètement à côté de leurs pompes. Questions existentielles, émotions, tout ça tourne aussi un peu plus vite dans leur tête que dans celle des humains lambda. Je pense que c'est une des raisons qui a fait que Max est sorti de sa vie. Je dis « sorti de sa vie » parce que maintenant c'est l'effet que ça me fait, mais, pour commencer, c'est moi qu'il a quittée en juin. Apparemment pour personne d'autre et à sa manière brusque :

— Maintenant que Léa est casée, j'estime avoir rempli mon rôle de père. J'ai besoin de bouger. Je me sens englué ici. Je pars, je ne sais pas trop où, mais je trouverai et je ne crois pas que je reviendrai.

« Casée » signifiait que Léa, notre deuxième enfant, s'était envolée de la maison.

Je n'ai rien compris au raisonnement de Max et je n'y comprends toujours rien. Il y a bien longtemps que les enfants vivent de manière indépendante et, de plus, si l'idée était de partir, Max aurait très bien pu depuis longtemps remplir son foutu rôle de père ailleurs qu'à la maison. À dire vrai, ça faisait déjà un moment que je ne comprenais plus ce qui animait Max qui semblait vivre dans une sorte de brume où je n'avais plus ma place et, sur le coup, la nouvelle ne m'a pas déchirée. Je l'avais vu faire du tri quelques jours auparavant et, de fait, sa malle était prête, une malle que Rémi, un de nos amis, est venu chercher avec un petit sourire gêné. Rémi… mon ami, en fait, au départ, mon coach d'escalade quand j'avais attaqué ce sport. On avait failli avoir une histoire tous les deux, mais Max était entré dans ma vie. C'était moi qui les avais présentés l'un à l'autre.

Rémi m'a embrassée et a chargé la malle dans le coffre de sa voiture sans un mot. Max m'a juste dit « salut » et a enfourché sa moto, un simple sac sur le dos, Apparemment, il me laissait tout ce que nous avions construit à deux. Et son boulot ? Quitté aussi, je l'ai appris plus tard. Ah ça, question « désengluement », il avait fait fort.

J'ai mis près d'un mois à passer du stade de la surprise à celui de la colère. Vingt-cinq ans de vie commune, deux enfants et un simple « salut » en guise d'adieu ! Et qu'avait-il dit aux enfants ? Rien. C'était à moi de m'y coller et de leur annoncer que leur père venait de se désengluer, et d'eux aussi apparemment. Il m'a fallu encore un autre mois pour que vienne ce que je n'avais pas prévu : du chagrin. Je me suis alors mise à arpenter le chemin des délaissés, revivant nos superbes débuts quand nous avions un mal fou à nous éloigner pour quelques heures l'un de l'autre, me rappelant les petits gestes, les petits mots de complicité connus de nous seuls, la naissance des enfants, nos pérégrinations improbables à quatre dans le vieux tub Citroën que nous avions aménagé, nos fous rires, le bonheur que nous avions ressenti en découvrant le terrain sur lequel nous allions construire notre maison. Et, bien sûr, comme à chaque fois que quelque chose cloche, et, là, ça clochait gravement, j'ai perdu le sommeil.

C'est donc somnolente que j'ai abordé la sacro-sainte journée d'intégration à laquelle je ne pouvais me soustraire. J'en avais par-dessus la tête de ce rituel des présentations, ce chemin tant de fois emprunté qui ne menait à rien à part faire dire à nos étudiants que, dans leur grande majorité, ils ne savaient absolument pas pourquoi ils étaient là, ce que nous savions déjà très bien par ailleurs. Au fil du temps nous découvririons des choses bien plus intéressantes les concernant que les projets professionnels improbables qu'ils nous servaient « Développer des jeux vidéo - Ah, on n'apprend pas ça ici ? Ah bon, je croyais, c'est pas un BTS d'informatique ? - Créer ma boite d'informatique, pour être indépendant - C'est large ? Ben oui, mais il y a de la place pour tout le monde, non ? - Le mieux ça aurait été de faire du foot pro, mais vu que c'est dur je pensais plutôt développer des jeux vidéo, mais si on n'apprend pas… On apprend quoi, au fait ? »

Mais Sylvia aimait bien « les présentations » et je n'avais aucune envie de me désolidariser de Sylvia, ma vie étant par ailleurs déjà assez compliquée.

La journée s'est ensuite déroulée, convenue, et le soir je suis rentrée chez moi en pensant au mystère qui entourait Sahar.

Ça me changeait un peu de mon obsession pour Max.

Zainab

3.   Car, sinon, comment survivre ?

Je suis née au petit matin du 4 janvier 2000, dans un minuscule village du Pendjab pakistanais, ce genre d'endroit où aucune fille ne provoque de réjouissances à sa naissance. Pourtant, ne fallait-il pas des femmes, là aussi, pour fabriquer les magnifiques garçons qui allaient faire un jour la fierté de leurs parents ? Alors, pourquoi pas moi ?

En l'an 2000, la nuit du 3 au 4 janvier était Laylat al-Quadr ou « Nuit du Destin » et, tandis que ma mère expulsait avec, j'imagine, force cris et gémissements, cette petite fille que, pas plus que la précédente, elle n'allait aimer, chaque habitant du village priait pour son destin à l'exception de mon père qui, lui, priait pour le mien : que ce bébé soit un garçon !

« La Nuit du Destin est meilleure que mille mois »[1], dit le Coran. Il faut croire qu'il y a parfois des ratés… Si j'évoque le Coran, c'est que la religion était le ciment de notre village où régnait sur ce point une belle harmonie : tout le monde était sunnite. C'est donc sunnite que je naquis et j'appris très rapidement que, dans l'ordre des haines, les chiites se classaient juste devant les américains.

Ce qu'a pensé mon père de ma naissance, je l'ai deviné bien après en entendant les imprécations qu'il vociférait contre ma mère à chaque nouvelle grossesse, lui promettant la mort si elle lui refaisait le coup de la fille. Pourtant, chez nous, l'aîné des enfants, Tahir, était un fils, immense fierté dont ne pouvaient se prévaloir toutes les familles ! Mais, deux ans après Tahir, était née Mariam, première déception, puis, quatre ans plus tard, moi, faute grave, insulte même... Heureusement pour elle, ma mère, sans doute aidée d'Allah, avait ensuite réussi à satisfaire mon père en mettant au monde en ordre serré mes trois plus jeunes frères, Kumail, Nasir et Usman. J'imagine que la fratrie s'est encore agrandie après mon départ, ma mère étant encore en âge de procréer, quand elle est définitivement sortie de ma vie ou, plutôt, quand je suis sortie de la sienne un soir de septembre 2010.

Ce jour-là, il a suffi d'un instant pour que ma vie change de cours. Quelques minutes pour plonger dans l'inconnu, puis quelques jours pour que la petite fille de dix ans, déjà gravement traumatisée que j'étais, se transforme en adulte. Car, sinon, comment survivre ?

1 - Coran Sourate 97 Verset 3

4. Tu peux m'appeler Nawaz, si tu veux

Jhang, 2010

L'inconnu, ça commence par une voiture, une grosse voiture rouge toute cabossée, qui s'arrête au centre du village dans un nuage de poussière. Bien sûr, les enfants font cercle autour d'elle. Une voiture, ici, c'est rare. Un homme en descend et s'adresse aux enfants. De la fenêtre de la maison, je vois mon père claudiquer du plus vite qu'il peut vers lui et, là, je comprends. Que l'homme est là pour moi ! Que tout cela est vrai. Que je vais vraiment partir. Bêtement, je cours me cacher derrière un lit. Mon père me tire par une manche tandis que je m'accroche au pied du lit en hurlant. C'est la première fois que je lui résiste. Évidemment, c'est lui le plus fort et il me traine jusqu'à l'entrée de la maison. Ma mère lave son linge comme si de rien n'était. Mon père me tend mon maigre balluchon, qu'il m'a obligée à préparer deux jours plus tôt.

— Allez, Zainab, sois courageuse, tu dois partir.

Je hoquette.

— Je n'ai pas dit au revoir à Mariam.

— Je lui dirai pour toi, vas-y maintenant.

J'éclate en sanglots, mais l'homme me prend fermement par la main et me conduit à la voiture au milieu de la horde de gamins qui, pour une fois, ne me jettent pas de pierres. Il me fait asseoir, ferme la porte. Je me retourne et ne vois plus que le petit visage tordu de chagrin d'Usman. Adieu, mon bébé ! Nous partons et je me laisse emporter comme la pauvre chose que je suis devenue. À la sortie du village, une dernière épreuve : le sourire malfaisant d'Amir Almani me nargue au bord du chemin. Au moins, je ne le verrai plus, celui-là…

Tout de suite, la peur de mourir. La voiture vole sur le chemin cahoteux projetant pierres et poussière alentours. Pour un baptême en voiture, c'est rude, et je me cramponne à la poignée de la portière avec une telle force que je crains de l'arracher.

— N'aie pas peur, dit l'homme, qui parle avec un drôle d'accent, il n'y a aucun risque et puis on va bientôt rejoindre une meilleure route. Ton père t'a dit où on allait ?

Non. On ne me dit jamais rien. Je suis un paquet qu'on trimbale.

Je secoue la tête.

— À Jhang.

À Jhang ? Je n'en reviens pas. On m'envoie en ville alors que je pensais aller dans un petit village comme le nôtre, mais où personne ne me connaitrait. Est-ce une bonne nouvelle ? J'ai beau tourner et retourner ça dans ma tête, je n'arrive pas à conclure. Bon, au moins, je vais voir du neuf. Maigre consolation.

— Je m'appelle Nawaz Jaffri, tu peux m'appeler Nawaz, si tu veux.

Sûrement pas !

— Tu parles pendjabi, mais mes enfants ne parlent que l'ourdou. Il va falloir apprendre.

L'ourdou, je sais ce que c'est. Tahir et Nasir l'apprennent dans leur madrasa[2], mais je ne le parle pas du tout. Et il veut dire quoi, l'homme, avec cette phrase ? Que je vais vivre avec ses enfants ? Cette idée me rassure un peu.

Le chemin s'est transformé en route, je me suis un peu détendue. Un tout petit peu… Je n'ai pas encore regardé l'homme, je ne veux pas le voir. La route, qui est devenue toute droite, aligne champs de coton et champs de millet. L'homme allume une cigarette, la fumée envahit l'habitacle et je me mets à tousser. Du coup, il jette sa cigarette par la fenêtre, ce qui me stupéfie : alors que je m'attends à chaque ralentissement à ce qu'il arrête la voiture et se jette sur moi, voilà qu'il tient apparemment compte de mon bien-être.

J'entends mon père me dire :

— Ça va bien se passer.

— Est-ce réellement possible ? Ai-je un meilleur avenir à Jhang ? Je berce cette idée un moment puis, brisée par l'émotion, je finis par m'endormir. Quand je me réveille, la voiture se fraie un passage dans une rue encombrée d'étals, de vélos, de scooters et de tuk-tuks. L'homme se tourne vers moi.

— Bien dormi ?

Un « oui » timide s'échappe de mes lèvres.

Et, pour la première fois, j'ose le regarder. Une aile de cheveux noirs, un nez fort, un visage effilé et des yeux noirs qui ne disent rien.

— On arrive, ajoute-t-il.

Il tourne dans une toute petite rue, gare la voiture sur le trottoir. J'observe la rue par la vitre de la voiture. Aucune envie de sortir.

— Bon, alors, tu sors de cette voiture ?

Je ne sais pas ouvrir la porte. Je ne vais pas tenir debout.

Pourtant je sors et je vomis sur mes pieds.

2- Madrasa : école coranique gratuite.

5. Ce jour-là, j'ai pleuré longtemps, blottie derrière un taillis

À cette époque, ma famille de cœur c'était Mariam, Usman et le lointain souvenir d'une grand-mère aimante, la mère de mon père, morte quand j'avais cinq ans. C'est grâce à eux trois que je ne suis pas devenue un être sec, incapable du moindre sentiment. Les autres m'inspiraient au mieux de l'indifférence, au pire du mépris, de la colère ou même de la haine. Mépris pour ma mère qui avait tellement bien intégré sa propre éducation qu'elle considérait ses filles comme des moins que rien, colère contre mon père qui avait accepté de sceller mon sort de la pire des manières, et, par-dessus tout, haine pour Tahir par qui tout était arrivé et qui, une fois les choses « réglées », n'avait pas eu un mot pour moi et avait repris son rôle de petit caïd. Tahir, la gloire de ma mère ! Je l'imagine sans mal, ma mère, jeune, grande et belle, comme venait de le devenir Mariam, présentant avec fierté son magnifique bébé mâle au monde. Et, au fond, puis-je lui en vouloir ? Elle ne faisait que reproduire à merveille les inepties dont on l'avait nourrie. De même, puis-je en vouloir à mon père qui n'avait sans doute aucun choix possible dans cette triste histoire ? Je me revois assise à côté de lui sur le charpaï[3] devant la maison. Il chasse une mouche invisible, puis s'adresse à moi sans me regarder.

— Tu vas nous quitter Zainab, tu ne peux plus rester ici.

— Vous quitter ? Comment… ?

— Quelqu'un va venir te chercher.

— Un homme ?

Bien sûr, un homme… qui d'autre sinon ? Suis-je bête…
Je sens la sueur m'inonder.

— Oui. Il ne te fera pas de mal. Les autres, ils se vengeaient.

Alors tu le savais que le père allait s'en mêler, qu'ils allaient être deux. Je te hais !

— Tout ça n'aurait pas dû arriver, ajoute-t-il

Pourtant c'est arrivé et tu m'as livrée à eux comme une vulgaire marchandise.

— Il pose une main sur mon épaule, geste étrange de sa part.

— Ça va bien se passer.

Comment veux-tu que je te fasse confiance ?

La tête me tourne et deux larmes s'écrasent sur mes genoux. Je n'ai pas pleuré depuis que j'ai quitté cette horrible cabane et voilà que je me mets à sangloter, là, à gros bouillons, à côté de ce père que je devrais détester et que j'ai peur de déranger. Les effusions, ce n'est pas le style de la maison. Je pars en courant vers les champs. Ça va bien se passer ? Ah oui ? Je n'y crois pas une seconde.

Ce jour-là, j'ai pleuré longtemps, blottie derrière un taillis le long de la Chenab. Je ne savais rien de mon avenir et j'aurais voulu passer là le restant de mes jours.

Depuis ma toute petite enfance, je n'étais heureuse que dehors, dans les champs, mais j'avais dû renoncer trop tôt à ce bonheur : à dix ans, j'avais déjà une vie de mère de famille presque recluse.

Mon père était un hari, un métayer qui cultivait la terre d'un propriétaire et devait lui donner une large partie de sa récolte en échange. Notre famille était pauvre, comme toutes les familles de petits agriculteurs pendjabis, mais nos cultures de blé et de légumes, les quelques poules et la bufflonne que nous possédions nous permettaient de manger à notre faim. Notre maison, quatre murs en pisé et un sol en terre battue, offrait peu d'intimité : la nuit tous les lits étaient occupés par au moins deux personnes. Nous cuisinions le plus souvent dehors sur un réchaud, n'avions ni électricité, ni eau courante, ni toilettes. La vie était dure et elle l'était d'autant plus que, contrairement à ce que nous pouvions constater ailleurs dans le village, aucune réelle affection ne semblait cimenter notre famille. Pour notre père, les filles que nous étions, Mariam et moi, semblaient transparentes et, s'il était fier de ses fils, il le cachait bien. Quant à notre mère, curieusement, elle ne manifestait, elle aussi, que très peu d'intérêt pour nous, ses filles : nous étions des objets, utiles malgré tout, dans le décor de sa pauvre vie. Et elle ne semblait pas avoir davantage d'affection pour ses fils, sauf pour Tahir, qui avait tous les droits auprès d'elle y compris celui de la malmener. Tahir était d'une nature ombrageuse et violente et ne se privait pas, en tant que mâle et aîné, de nous considérer Mariam et moi comme des petites mains à sa solde et de nous rabrouer si nous ne filions pas doux. Mes frères, Kumail et Nasir, vivaient dans son ombre, mais, alors que Kumail suivait Tahir dans ses excès, Nasir, d'un tempérament doux et rêveur, avait plutôt tendance à l'éviter. Et puis, il y avait Usman, mon cher et tendre petit Usman…

Quelques mois avant cet inoubliable soir de septembre, j'avais eu mes premières règles. C'était tôt, beaucoup trop tôt, Mariam les avait eues à douze ans. Ma mère n'en avait fait aucun cas et avait laissé à Mariam le soin de m'expliquer comment me débrouiller avec ce sang impur qui coulait de moi. Ce sang, je le connaissais, pour avoir souvent lavé le linge souillé de Mariam et de ma mère, mais qu'il coule de moi avec son cortège d'obligations m'effrayait. Et, tout de suite, le voile était tombé. D'abord sur mes cheveux puis, après, sur mes jeux quand je dus prendre la place de Mariam, ma mère de cœur, pour seconder l'autre, ma mère de sang, dans les tâches ménagères. Mariam, elle, allait pouvoir travailler aux champs et je lui enviais sa chance ! J'avais pris sa place et je passais mes journées seule à la maison entre ma mère et les petits, car Tahir et Kumail étaient internes dans une madrasa et ne rentraient qu'aux vacances scolaires. À la maison, mes tâches étaient variées, mais la seule que j'aimais c'était m'occuper d'Usman dont j'avais la responsabilité presque exclusive. Usman était un petit garçon vif et remuant, toujours souriant. Il avait pris très tôt l'habitude de me suivre partout et j'étais devenue sa petite mère à la place de l'autre qu'il fatiguait.

Oui, notre mère à tous avait décidément bien besoin de remplaçantes ! Alors, quand l'horreur et la honte étaient entrées dans ma vie, je n'avais pu me tourner que vers Mariam, mais Mariam, toute aimante qu'elle était avec moi, n'avait pas de solution.

3- Charpaï : lit ou banc fabriqué à partir d'un cadre en bois et de cordes en fibres naturelles.

6. J'observais avec étonnement cette famille qui fonctionnait

Devant moi, une maison. Rien à voir avec celles en pisé de mon village, toutes basses et presqu'aveugles. Celle-ci a un étage et de grandes fenêtres. L'homme me fait signe de le suivre et il grimpe quatre à quatre l'escalier en bois qui mène à l'étage. *Mon cœur va exploser.* Le temps que j'arrive en haut, *mes sandales collent, mes pieds collent, je colle,* la porte s'est ouverte et une toute petite fille lui a sauté dans les bras. Derrière eux deux, un garçon un peu plus âgé.

— Voici mes enfants, me dit-il, Kumail et Katherine.

La vue des enfants m'ôte momentanément un poids du cœur et je n'en reviens pas : la fillette a les yeux verts et les cheveux dorés. Je n'ai jamais rencontré quelqu'un comme elle. Le garçon, en revanche, a bien les mêmes couleurs que tout le monde ici, cheveux de jais, peau mate, yeux noirs.

Nous entrons. Une jeune femme portant un bébé nous regarde en souriant.

— Et voici Noura qui les gardait jusqu'à aujourd'hui. Désormais, ce sera toi.

Katherine lève sur moi son beau regard clair et quand nous redescendons l'escalier pour aller « chez nous » au rez-de-chaussée, elle glisse sa main dans la mienne. *Petite main douce. Petite main de soie. Merci.*

Et voilà, j'y suis chez le nouvel homme de ma courte vie et, pour moi, c'est l'ennemi. En matière d'image masculine, ce que m'ont laissé les quatre autres - mon père, Tahir et les Almani - tient en trois mots : mépris, dégoût, horreur. Alors, je n'ai aucune raison de faire confiance au dernier de la liste. J'en ai bavé des hommes ! D'ailleurs, cet homme, qu'est-il censé être officiellement pour moi ? Mon nouveau… tuteur ? Employeur ? Protecteur ? Presque mari ? Que s'est-il tramé entre mon père et lui ? *Qu'avez-vous encore décidé de tordu pour moi à mon insu ? Et pourquoi n'y a-t-il pas de mère dans cette famille ?*

Pendant que je me fais toute petite contre la porte d'entrée qui s'est refermée derrière moi, *je voudrais être morte*, Nawaz Jaffri, discute un moment avec ses enfants dans cette langue que je sais être l'ourdou et à laquelle je ne comprends rien, puis il me fait signe de le suivre.

Ne m'approche pas !

Il me fait visiter la maison - qui est en fait un appartement, je ferai la différence plus tard - en m'expliquant tout un tas de choses, en pendjabi, cette fois : où se trouvent les provisions, comment allumer le gaz, où se met le linge propre et puis le sale. Je ne connais aucun des appareils étranges qui se trouvent là : réfrigérateur, machine à laver, gazinière. Tandis qu'il parle et parle avec force gestes, je le suis sans un mot, la peur voilant mon esprit de son brouillard.

Ne m'approche pas !

Je comprends que je vais être une sorte de domestique, mais est-ce bien tout ? J'ai vu des filles de mon village être mariées à douze ans et il n'y a que deux chambres dans cette maison avec en tout deux grands lits. Si les deux enfants dorment ensemble…

Oh, non, pas ça !

Et c'est Katherine qui me délivre en me faisant choisir le côté où je vais dormir dans son lit. J'éclate en sanglots de soulagement. L'homme me regarde avec un drôle de sourire :

— Eh bien, ça ne te fait pas plaisir de dormir avec Katherine ?

Plaisir ?

— Si, si, je hoquette.

Ce soir-là, Noura nous descendit un repas. L'odeur du plat chaud qu'elle avait apporté se répandait dans toute la maison, me donnant à nouveau envie de vomir, et j'étais incapable de manger, complètement perdue dans ce nouveau monde qui, en plus, ne parlait pas ma langue. Tandis que je piochais sans conviction dans mon assiette, des larmes roulaient sur mes joues sans même que je prenne la peine de les essuyer.

— Arrête de pleurer et mange, Zainab ! s'exclama brusquement Nawaz Jaffri.

— Papa !

C'était Katherine qui s'était levée et me caressait la main. *Petite main de soie.* Je ne pus pas manger pour autant.

Quel tour avait pris ma vie ? Y avait-il une issue au couloir noir dans lequel j'errais depuis quelques mois ? Comment faire encore confiance à quelqu'un ?

Pourtant, les jours passant, parce qu'il me fallait vivre malgré tout, je me repris un peu et me mis à regarder autour de moi.

Nawaz Jaffri, d'abord. C'était un drôle d'homme. Il me faisait penser aux marabouts qui nichaient près de notre village : de longues jambes maigres, un ventre légèrement proéminent, un long cou, un nez fort et busqué et des yeux ronds très noirs. Il se tenait un peu courbé, parlait peu, ses gestes avaient quelque chose de brusque et de maladroit, alors qu'il avait des mains en or pour travailler le bois. Il suffisait pour s'en convaincre de le voir, soir après soir, fignoler les détails d'une maison de poupée qu'il fabriquait pour sa fille : balcons ouvragés, escaliers intérieurs, persiennes qu'on pouvait ouvrir et fermer, petits meubles dans chaque pièce, une merveille de petite maison ! Il était menuisier pour une fabrique de meubles et devait exceller dans son métier.

Au début, il me sembla presque embarrassé de ma présence. Il ne me parlait pas beaucoup et me souriait de temps en temps d'un air bizarre. Sourire ou pas, il ne m'aurait pas. J'étais prête à griffer, mordre et même à empoigner le couteau que je savais pendu dans la cuisine si seulement il me frôlait. Un petit animal sauvage venait de pousser en moi qui ne se contenterait pas, cette fois, de crier de douleur.

Ton drôle de sourire ne me dit rien qui vaille. Ne m'approche pas !

Sans doute, attendait-il son heure tout en essayant de m'amadouer. Quand allait-il me basculer sur un des deux lits de l'appartement, se jeter sur moi et m'écarter les cuisses ? Quand ? J'étais constamment sur mes gardes, je l'évitais et m'écartais largement de son chemin à chaque fois qu'il passait près de moi. Au bout de quelques jours de ce petit jeu de chassé-croisé, il mit fin à mon tourment :

— Arrête de m'éviter, Zainab, je ne te veux aucun mal.

Pas peur, donc ? C'est quoi le mal pour toi ? Cette chose immonde qu'on m'a faite est-ce que c'est le mal ?

Et puis, il fallait expliquer ça à mon corps qui rejetait en bloc ce qui m'était arrivé : je maigrissais à vue d'œil, ne dormais presque pas et mes cheveux m'abandonnaient par mèches entières. La première, c'était Katherine qui l'avait trouvée, le matin du quatrième jour de mon arrivée, au pied de notre lit commun. Elle me l'avait apportée, ses yeux verts pleins de larmes, délicatement posée sur ses deux mains, paumes ouvertes. On aurait dit qu'elle portait une relique ou un animal blessé. J'avais soulevé mon voile - que je portais même à la maison puisque j'habitais avec un homme qui n'était ni mon père, ni mon mari - et immédiatement trouvé au sommet de mon crâne une petite surface chauve de la taille d'une roupie. Deux autres mèches m'étaient alors restées dans les mains.

Mes cheveux, mes beaux cheveux, normal qu'ils quittent mon corps sali.

La suite alla très vite : trois fois dans la journée, je croisai le chemin d'un de ces serpents luisants semblant me guetter, ses anneaux noirs déroulés sur le carrelage. Nos cheveux à Mariam et moi, avaient toujours été notre bien le plus précieux. Nous en prenions soin, l'une et l'autre, l'une avec l'autre, les peignant longuement, les enduisant d'huile de nigelle que nous fabriquions nous-mêmes. Ils nous arrivaient à la taille, n'étant délicatement coupés, et toujours à la lune montante, que lorsqu'ils dépassaient cette longueur. En d'autres temps, les voir me déserter ainsi par mèches entières m'aurait affolée et désespérée. Je n'en étais plus là, cette perte n'était qu'un détail dans la suite de mes malheurs.

Le jour suivant, en me réveillant, après une nuit de cauchemars, comme c'était devenu mon habitude, j'ai compris en voyant l'état du lit qu'il fallait vite en terminer pour de bon et j'ai grimpé l'escalier qui montait chez Noura. Je la connaissais à peine, mais son bon sourire m'avait convaincue de sa gentillesse. Et puis qui d'autre aurait pu m'aider ?

Son mari était déjà parti travailler, nous étions donc seules avec le bébé qui gazouillait dans son berceau.

— Non, Zainab, on ne peut pas faire ça !

— Tire sur une mèche et tu verras !

La mèche lui est restée dans les mains. Alors, convaincue, elle a tressé mes cheveux pour que je puisse les récupérer :

— Ça se vend cher, tu sais.

Non, je ne sais pas. Je ne sais rien, en fait.

Noura a dû s'y reprendre plusieurs fois pour couper le haut de la tresse noire encore très épaisse puis elle est allée chercher un rasoir et quelques minutes plus tard j'avais le crâne lisse comme celui d'un bébé. Je suis redescendue, mes cheveux se balançant dans un sac en plastique au bout de mon bras. Pour une fois, je n'étais pas mécontente de porter un voile. Nawaz Jaffri m'attendait en bas de l'escalier, Katherine lui ayant sans doute dit que j'étais montée. J'ai fait glisser mon voile sur mon crâne : il pouvait le regarder à loisir, ce crâne, je n'y dissimulais plus aucun symbole de ma féminité !

— Pourquoi tu as fait ça, Zainab ?

Pour t'éviter de manger des cheveux.

— Parce que je les perdais par mèches entières.

— Remets ton voile, s'il te plaît.

Ce que j'ai fait.

— Tu ne sors pas sans me dire où tu vas, Zainab, et d'ailleurs, pour le moment, tu ne sors pas du tout.

Et j'irais où ?

Son ton n'était pas dur, mais ferme.

L'ambiance familiale était gaie, les enfants semblaient adorer leur père, et j'observais avec étonnement cette famille qui fonctionnait. Une famille sans mère. *À quoi servent les mères ?* À ce propos, Nawaz Jaffri m'avait simplement dit que les enfants « n'avaient pas de mère » et je n'ai appris que plus tard qu'en fait sa femme était partie avec un voisin et que, contrairement à la plupart des autres hommes qui recherchaient, retrouvaient et punissaient, parfois de mort, il avait laissé les choses filer.

Plus le temps passait, plus j'avais le sentiment que Nawaz Jaffri n'était pas un mauvais homme, mais je savais bien aussi qu'il ne m'avait pas « recueillie » par bonté d'âme. Il avait sans doute cherché l'employée capable de remplacer Noura qui ne voulait plus travailler. Or, comme quasiment toutes les petites paysannes pakistanaises, je savais faire la cuisine, laver le linge et m'occuper d'enfants. De plus, ça tombait bien, j'étais comme bannie de mon village et mon père cherchait de son côté à me caser. Comment ces deux-là s'étaient-ils trouvés ? Se connaissaient-ils avant ? Était-ce le bouche à oreille qui avait fonctionné ? Ce que j'ignorais aussi, c'était les conditions de la transaction. Nawaz Jaffri m'avait-il achetée ?

M'as-tu achetée ?

C'était bien possible, l'argent manquait toujours chez nous et vendre sa fille n'était finalement qu'un détail.

Kumail, l'aîné des enfants, était âgé de huit ans. Je l'ai vite deviné sérieux et réservé au contraire de sa petite sœur, âgée de presque quatre ans, petit tourbillon aux yeux clairs et aux cheveux d'or, particularités incompréhensibles pour moi jusqu'à ce que son père m'apprenne que la mère des enfants était issue d'un peuple du nord-ouest du Pakistan, de lointaine origine européenne, les Kalash.

Alors que Kumail se montrait un peu distant au début vis à vis de la fille sortie de nulle part que j'étais, Katherine, sans doute en manque de mère, m'avait adoptée sur le champ et, à l'instar d'Usman avant elle, s'était mise au bout de quelques jours à me suivre partout. Noura lui avait appris une petite chanson qu'elle fredonnait sans cesse « *Je suis un oiseau, Je vole très haut, Tout près du soleil. Regarde mes ailes* » en battant de ses petits bras à la fin comme si c'était des ailes. Elle était vraiment mignonne, mais elle ne me consolait pas de la perte d'Usman. Au contraire, elle me le rappelait à chaque instant et l'image du petit visage tordu de chagrin d'Usman ne me quittait pas. Qu'est-ce qu'il pouvait bien devenir sans moi avec cette mère qui ne l'aimait pas ?

Si au moins Mariam n'avait pas été aux champs toute la journée… Parfois, j'en voulais presque à Katherine de m'avoir ravie à Usman.

Oui, je souffrais moins du manque de Mariam que du souci que je me faisais pour Usman. Parfois, je pleurais en cachette, mais Katherine s'en rendait compte et venait me consoler. Alors, un jour qu'elle m'avait une fois de plus demandé pourquoi je pleurais, je lui ai expliqué.

— C'est mon petit frère, j'ai peur qu'il soit triste sans moi.

— Il a mon âge ?

— Non, il est plus petit.

Elle m'a regardée gravement.

— Je comprends. Moi aussi, je serais triste si tu partais.

Si nous pouvions communiquer ainsi c'était parce que, essentiellement grâce à elle, j'avais appris l'ourdou. Il m'avait fallu un mois pour acquérir le vocabulaire d'un enfant de cinq ans ainsi que - et là, l'enseignement venait de Nawaz Jaffri - celui, pratique, de la cuisine et du ménage avec les différents appareils de la maison. Me restait à comprendre la monnaie, dont j'allais devoir me servir pour faire les courses, car, même si j'avais déjà vu de l'argent chez mes parents, personne ne m'avait appris à l'utiliser. Cela fut réglé très rapidement et Nawaz Jaffri me complimenta :

— Tu apprends vite, Zainab !

— Merci, mais c'est facile.

— Je ne trouve pas.

Parler avec cette famille, ce n'était pas simplement passer du pendjabi à l'ourdou, c'était aussi apprendre à nommer des objets que je n'avais jamais vus auparavant. Le mot « poupée », par exemple, m'était totalement inconnu, même en pendjabi, parce que les poupées n'existaient pas chez moi. Un jour viendraient d'autres mots, ceux qui expriment les sentiments, par exemple, mais je n'en étais pas encore là, même si les sentiments, eux, étaient bien présents : presque soulagement de me sentir en sécurité, tristesse en pensant à ceux que je ne reverrai jamais, amour naissant pour Katherine, curiosité pour tout ce que ce monde nouveau m'apportait. Pagaille dans mon cœur et dans mon esprit !

Sam

7. **Et, Sahar, tu en penses quoi ?**

Annecy, 2017

Toutes les rentrées que j'avais faites jusque-là avaient gommé d'un coup l'été qui les avait précédées. Dès le premier cours, j'oubliais ma liberté de la veille pour reprendre mes vieilles traces. Sans doute avais-je fait trop de rentrées… Mais cette rentrée-là n'effaça rien de mon chagrin qui, combiné à ma méchante insomnie, était en train de me transformer en loque.

Je n'avais aucune nouvelle de Max et Rémi, à qui j'avais envoyé un bref message, n'avait même pas pris la peine de me répondre.

Max, Max, Max, où es-tu ? Que fais-tu ? Dans quelle forêt d'ombres te caches-tu ? Et puis, et puis… va te faire voir !

Je ne sais pas si mes étudiants se rendaient compte de mon état, mais, si ma fille, Léa, qui tutoyait Léonard de Vinci depuis son Erasmus en histoire de l'art à Rome, n'avait pas vraiment réalisé, ce qui m'arrangeait bien, Bastien et Claudie n'étaient pas dupes.

Bastien s'était mis à passer à peu près tous les deux soirs. Il était inquiet pour moi et fulminait contre son père.

— C'est vraiment dégueulasse la manière dont il s'est comporté.

Tu as bien raison : effacer les gens qui vous aiment, qu'on a aimés ? comme ça d'un seul trait bien net, bien coupant, oui, c'est vraiment dégueulasse.

J'essayais de le calmer :

— Il y a sans doute une explication.

— Dans ce cas, ce serait sympa de nous la donner !

Je ne te le fais pas dire !

— Écoute c'est entre ton père et moi, ne le juge pas.

— Entre papa et toi, seulement ? C'est ce que tu penses ? Pourtant, il s'est comporté exactement de la même façon avec Léa et moi !

— Ce n'est quand même pas tout à fait la même chose…

— Ah bon !

Claudie, de son côté, tout en soufflant sur sa mèche avec énergie, déployait des efforts louables pour me remettre en marche :

— Tu viens déjeuner avec moi au bord du lac ? On n'a qu'à s'acheter des sandwiches.

On était en octobre et, comme souvent à cette époque dans la région, il faisait un temps magnifique. J'étais passée le matin même devant le lac et n'avais pu m'empêcher d'admirer le tableau : derrière l'or de la roselière, le lac, à peu près débarrassé de ses touristes, semblait s'abreuver de bleu et de silence.

— Tu détestes le soleil…

— Non, pas à cette époque, et puis j'ai mon tube d'écran total.

Ah, oui, le fameux tube d'écran total !

— C'est gentil, mais non, merci. D'ailleurs, je vais rester là entre midi et deux pour corriger mes copies.

En fait, pour ruminer mon chagrin…

— Bon. Alors, tu viens visiter mon piège à filles après les cours ? J'ai besoin de ton avis.

Tiens, est-ce qu'elle allait mieux ? Sa vie était partie en lambeaux quatre ans plus tôt quand la femme de sa vie, Ingrid, l'avait quittée pour une autre. Dix ans de vie commune et pfff, du jour au lendemain, sur un coup de téléphone, envolée Ingrid. Manifestement, les amours ne tenaient qu'à un fil. De téléphone ou pas.

— D'accord, si tu veux.

Claudie, un grand corps mince et musclé, un visage taillé à la serpe, les cheveux coupés très court à part cette foutue mèche qui lui cache les yeux, toujours vêtue d'un jean qui semble sortir du pressing, d'un sweat noir, même par trente degrés, et de chaussures marron à lacets, cirées du matin, toujours une mallette de jeune cadre dynamique à la main, Claudie est un phénomène de contradictions et de bonté rude. Pour peu qu'on arrive à se glisser entre elle et elle, elle nous gratifie de son amitié généreuse et presqu'envahissante, mais malheur à ceux qui ratent le coche : son inimitié est sans failles, elle aussi. Claudie s'était fait virer de son ancien appartement pour cause de vente par le propriétaire et venait de s'installer dans un nouveau après moultes pérégrinations pour le dénicher. C'est sur le balcon de ce dernier qu'elle avait concocté son piège à filles : une treille en bois en guise de brise-vue au pied de laquelle une clématite en pot attendait son heure pour grimper, une balancelle, des jardinières garnies de potées fleuries, un parasol orange, et dessous une table de bistrot métallique avec, comble de l'horreur, deux chaises aux dossiers en forme de cœur.

— Alors, tu trouves ça comment ?

Un peu ridicule.

J'hésite. Elle reprend :

— Pour que ça fasse vraiment son effet il faut attendre le printemps maintenant.

— En fait, je trouve que ça ne te ressemble pas.

— Évidemment ! Ce n'est pas à moi que je veux plaire !

— De là à te complaire dans les stéréotypes… Achète un canapé rose tant que tu y es !

— Eh bien dis donc, ça m'apprendra à t'inviter ! C'est pas parce que tu t'es fait larguer qu'il faut te venger sur les autres !

Je ne suis pas la seule à m'être fait larguer…

— Oui, excuse-moi, tu as raison. C'est juste que je trouve que tu vaux mieux que ça. On dirait que tu veux te faire passer pour une autre. Or, c'est toi qui dois plaire avec ce que tu es. Et puis, tu sais, les filles ne sont plus de grandes romantiques !

— Et qui te dit qu'au fond, moi, je n'en suis pas une ?

— Rien, tu as raison.

— De toute façon, je ne veux plus de relations sérieuses. Alors, que je sois moi-même ou pas, tu vois, on s'en fout ! Allez, assieds-toi.

Je me suis assise et elle est allée s'affairer dans sa cuisine d'où elle est revenue avec deux Spritz de sa confection qu'elle a posés sur la table basse avant de me faire un clin d'œil et de s'exclamer en soufflant sur sa mèche :

— Ma première proie !

Nous avons éclaté de rire et, ma foi, ça faisait du bien !

J'ai rapidement orienté la discussion sur les étudiants, ce qui risquait de nous entraîner dans notre ronronnement habituel, mais tant pis : aucune intention de parler de Max et moi comme elle devait le souhaiter. Et la litanie s'est déroulée, les étudiants de cette année étaient, comme tous les ans, moins bons, comprendre pires, que ceux de l'année dernière. Le recrutement baissait. L'absentéisme était intolérable et bla-bla-bla… Tandis qu'elle parlait, j'ai sorti une cigarette d'un paquet à peine entamé.

— Quoi, tu t'es remise à fumer ?

— Oh, je fumaille. Une de temps en temps…

— Oui, ça commence toujours comme ça !

— T'inquiète ! J'arrêterai bientôt.

J'ai enchaîné.

— Et Sahar, tu en penses quoi ?

— Avec moi, elle a du mal à l'oral, elle comprend très bien, mais elle n'ose pas parler. Ceci dit, elle fait des efforts.

— Oui, elle m'a dit qu'elle avait des difficultés avec toi. En revanche, en maths et en informatique, elle est au-dessus du niveau des autres.

Claudie enseigne l'anglais, moi, les maths et une partie des cours d'informatique.

— Tu crois que le niveau de maths au Pakistan est meilleur que le nôtre ?

— Peut-être… Comment savoir ? Ce qui est sûr c'est qu'elle est douée. Elle comprend tout du premier coup.

— Et Sylvia m'a dit qu'en français, elle avait un niveau de réflexion bien plus élevé que les autres et qu'elle faisait moins de fautes d'orthographe. Un peu comme les africains qu'on a eus. Ils ont un français un peu désuet, mais ils l'écrivent bien.

— Elle est étrange. Figure-toi qu'un soir où je suis repassée au lycée après les cours, je l'ai vue au tableau en train de réexpliquer mon cours à ceux qui ne l'avaient pas compris. Et, pourtant, elle a toujours l'air un peu perdue.

— Oui, c'est vrai. Elle est bien différente des autres.

— À mon avis, elle n'a pas eu une vie facile jusque-là.

L'air fraichissait. Claudie a changé de sujet.

— Dire qu'on va bientôt repartir pour neuf mois d'hiver ! Ça me tue !

— Mais tu n'aimes pas le soleil !

— Oh arrête avec ça ! Et puis, je n'aime pas le froid non plus.

Un nouveau Spritz plus tard, je rentrai chez moi un peu éméchée, ce qui rendait la vie un peu plus rose, en pensant avec tendresse au piège à filles de Claudie et à la mine un peu perdue de Sahar.

Comment deviner à cet instant que c'était cette dernière qui allait remettre ma vie en route ?

Zainab

8. Comment une femme pakistanaise peut-elle se battre pour quelque chose sans se faire punir ?

Jhang, 2011

Aujourd'hui, j'ai onze ans et ma vie ne va pas si mal.

Nawaz Jaffri me traite bien et, moi, je m'applique du mieux possible à toutes mes tâches. Je suis, au sens propre, bonne à tout faire : me lever la première, préparer les petits-déjeuners et la boite de repas pour l'école de Kumail, l'emmener et aller le chercher à l'école, la petite main de Katherine dans la mienne, ranger et nettoyer la maison, laver le linge, préparer le repas de midi pour Katherine et moi et celui du soir pour tout le monde et enfin coucher Katherine.

J'ai pris très jeune l'habitude de travailler dur et toutes les tâches ménagères sont plus faciles ici avec l'eau courante et les machines.

J'adore faire la cuisine. Il y a beaucoup plus d'ingrédients ici que dans mon village et, grâce à Noura, j'apprends petit à petit à réaliser de nouveaux plats plus compliqués. Et, depuis peu, je fais aussi les courses sans jamais dépasser la somme allouée par Nawaz Jaffri à cet effet. J'ai l'impression d'avoir appris beaucoup de choses depuis que je suis ici et c'est bien, mais Mariam et Usman me manquent toujours autant. Quand je suis dans mon lit, je revois les petits moments volés à la charge des journées qui me comblaient de bonheur : Mariam et moi, assises un moment le soir sur le charpaï devant la maison, Usman sur mes genoux, babillant, tandis que je respirais l'odeur de ses cheveux et caressais sa peau douce, nos rares excursions à trois jusqu'à la rivière Chenab où Mariam et moi trempions nos pieds tandis qu'Usman tout nu dans l'eau nous éclaboussait. Le soir, dans notre lit commun, je me blottissais contre Mariam et nous chuchotions et riions des ronflements de notre père. Mariam me parlait des garçons du village et surtout de celui qu'elle voulait épouser, le bel Amir.

— Moi, je ne me marierai jamais, répondais-je à chaque fois.

— Tu seras bien obligée ! disait Mariam en riant.

— Alors je me sauverai.

— Te sauver ? Pour aller où ?

— Je ne sais pas encore. Je verrai le moment venu.

Je sais bien que je ne les reverrai plus jamais ces deux êtres qui sont les plus chers à mon cœur. En revanche, je me passe bien sûr très bien de ma mère. Ici, chez Nawaz Jaffri, on ne parle jamais de mère.

Un soir, Kumail m'a tout de même dit :

— Ma mère, elle est partie avec un voisin. Elle ne reviendra pas.

Partie avec un voisin ? Comment une chose pareille est-elle possible ?

— Et d'ailleurs on n'a pas besoin d'elle, a ajouté Kumail.

Question mère, Kumail et moi sommes bien en phase : les mères ça ne sert à rien ! Ce n'est pas vrai pour Katherine qui s'est tout de suite accrochée à moi comme si elle m'attendait depuis toujours. Se souvient-elle de sa mère ? Je n'en sais rien. Et comment une mère a-t-elle pu abandonner un trésor pareil ? Ceci dit, l'abandon de Kumail n'est pas plus justifié et, bien que Kumail affiche ainsi volontiers, un peu trop volontiers même, son indifférence par rapport au sujet, je suis presque certaine qu'en fait il en a beaucoup souffert et en souffre encore. Son regard sombre en dit souvent long sur ce qui s'agite au fond de lui.

J'aime bien les deux enfants, mais Kumail est un peu distant alors que Katherine, qui ensoleille mes journées de ses pépiements, est devenue pour moi un vrai réconfort. *Je suis un oiseau… Oui, Katherine !* Nous dormons ensemble et avoir son petit corps chaud contre le mien me fait du bien, ce qui ne m'empêche pas de faire des cauchemars et de hurler la nuit. Quand ça réveille Nawaz Jaffri, il entre dans la chambre et me parle en me répétant que c'est fini.

Une fois, il m'a dit :

— Je sais ce qui t'est arrivé, Zainab, mais tu es en sécurité ici.

Ne me dis pas que tu sais ! D'ailleurs, tu ne sais pas !

Trop de honte pour moi. Je cours me blottir dans un coin de la chambre, la tête contre le mur. *Je ne suis pas là. Oublie-moi !* Nawaz Jaffri referme doucement la porte sans ajouter un mot, mais je passe le reste de la nuit dans mon coin.

De la honte, j'en ai aussi quand, un soir, Kumail, faisant ses devoirs, me pose une question sur une phrase qu'il me montre du doigt dans son cahier. J'hésite quelques secondes, je peux toujours dire que je n'ai pas de temps à lui consacrer, mais la franchise l'emporte.

— Je ne sais pas lire, Kumail.

Il me regarde, éberlué.

— Mais tu as quel âge ?

— Onze ans, bientôt douze, mais je ne suis jamais allée à l'école.

— Hein ! Pourquoi ?

— Dans le village d'où je viens, les filles ne vont pas à l'école. Et même certains garçons n'y vont pas.

— C'est un drôle de village, alors.

Ça, tu peux le dire !

— Oui.

Il reste un moment silencieux à méditer ce que je viens de lui dire, puis se replonge dans son cahier.

La conversation n'a pas échappé à Katherine.

Quand son père rentre le soir, elle lui saute dessus.

— Papa, Zainab ne sait pas lire et pas écrire. Elle ne va jamais à l'école.

S'il te plaît, Katherine, arrête !

— Elle n'y a jamais été, tu veux dire. Oui, Katherine, je sais. Elle n'a pas votre chance.

— Elle n'a qu'à y aller avec moi quand j'aurai mes six ans.

— Katherine, ce n'est pas grave. Laisse ton père tranquille.

— Elle sera trop grande, Katherine, quand tu auras six ans. Écoute, je vais réfléchir à tout ça… bientôt, d'accord ?

Ah bon ! Vraiment ?

— D'accord…

Et puis, un jour, en rentrant du travail, Nawaz Jaffri, croyant sans doute bien faire, annonce :

— J'ai eu des nouvelles de ta famille, Zainab. Tout le monde va bien. Ta sœur s'est mariée, ça a été une grande fête dans le village.

Je m'effondre. À cause du mariage de Mariam qui va laisser Usman encore plus seul et surtout du souvenir horrible de l'annonce de ce mariage. Tout cela m'affole le cœur et je me réfugie dans la chambre où je pleure de longues heures. Personne, pas même Katherine, ne peut me faire sortir et, si je me lève quand même le lendemain, c'est la mine défaite et les larmes aux yeux.

Nawaz Jaffri n'y comprend rien.

— Qu'est-ce qui t'arrive, Zainab ?

Je ne réponds pas. Et pendant longtemps, je me tais. Mon silence veille sur ma douleur.

Pourtant, l'envie de vivre va revenir. Un soir, alors que les enfants sont couchés, Nawaz Jaffri évoque à nouveau l'histoire de l'école. Il a dû chercher toutes les solutions possibles pour me sortir de mon marasme qui ne l'arrange pas.

— Je ne peux pas t'envoyer à l'école, Zainab, j'ai besoin de toi à la maison.

— Bien sûr ! Je n'ai jamais imaginé aller à l'école…

— Tu as déjà entendu parler de Malala Yousafzai ?

— Non.

— C'est une jeune pakistanaise de quinze ans qui se bat pour que toutes les filles puissent aller à l'école.

Je le regarde, interloquée. Je ne sais pas quoi dire. Comment une femme pakistanaise peut-elle se battre pour quelque chose sans se faire punir ? Il reprend.

— Qu'est-ce qui t'arrive ?

— Je ne comprends pas. Elle ne s'est pas fait punir ?

— Non, mais c'est sûr qu'elle est en danger !

— Elle est courageuse ! Je croyais que le Coran interdisait l'instruction des filles.

— Bien sûr que non, toutes les petites filles devraient aller à l'école.

— Ah !

Est-ce vraiment ce qu'il pense ?

— Alors j'ai eu une idée, dit-il, en posant devant moi deux livres, un gros cahier et un crayon.

— C'est pour moi ?

— Oui, oui.

Je n'en reviens pas. J'ouvre délicatement un des livres. Sur chaque page il y a des images et sous chaque image des choses écrites.

— Ce sont les livres sur lesquels Kumail a appris à lire à l'école. Je les avais gardés pour Katherine, mais ils peuvent très bien te servir à toi aussi.

— Mais…

— Oui, je sais, pour le moment ça semble très difficile, mais voilà comment on va faire : tous les soirs tu vas étudier une page ou deux avec moi, je ne suis pas très instruit, mais je sais lire quand même, et le lendemain tu recommenceras toute seule. Si quelque chose te gêne tu demanderas à Kumail après l'école. Il lit bien et il est d'accord, je lui ai demandé. Je suis sûr que ça va aller très vite. Le cahier, c'est pour t'entraîner à écrire, j'ai acheté le même à Katherine, je vais lui demander de me faire des dessins pendant que tu travailles. Regarde, j'écris ton nom sur la première page du cahier, demain tu pourras apprendre à l'écrire toi-même.

Je regarde mon nom s'écrire sans mot dire. Nawaz Jaffri s'applique à l'écrire du mieux possible, je le sens. Quand c'est fini, il me regarde.

— Voilà.

Et moi, je regarde mon nom « Zainab Bakhash » que je vois écrit pour la première fois et je le trouve beau.

C'est ce soir-là que ma course folle vers le savoir a démarré et elle n'allait jamais s'arrêter, mais, ça, je ne le savais pas encore. J'étais plus ignorante qu'un enfant de sept ans. Je n'avais plus de temps à perdre.

Nawaz Jaffri m'a fait une petite place sur son établi à côté de la maison de poupées et, tous les soirs, tandis qu'il sculptait petits meubles, balcons et colonnades, j'ai travaillé avec son aide. Le nombre de pages préparées chaque jour a très rapidement augmenté et puis, à un moment, c'est devenu facile et j'ai fini sans aide. Il m'a fallu trois mois pour lire couramment des textes simples en ourdou. Katherine a participé à ma réussite en respectant avec un sérieux étonnant mes moments de travail. Il faut dire qu'elle avait pris goût au dessin et qu'elle se débrouillait vraiment bien.

— Tu seras une artiste, lui avait dit une fois son père.

— C'est quoi une artiste ? avait-elle rétorqué alors qu'en silence je me posais la même question. Je manquais terriblement de vocabulaire. Et, je n'étais pas encore non plus très à l'aise avec l'écriture que je trouvais compliquée.

J'ai dévoré tout ce qui restait des livres de classe de Kumail et je me suis mise à chercher de quoi nourrir mon nouveau savoir. Nawaz Jaffri n'avait pas de livres, mais achetait de temps en temps un journal quotidien en ourdou que j'essayais de lire aussi, bien sûr. Ce journal, le Nawa-i-Waqt, était une porte ouverte sur le monde dont je ne connaissais rien. Au début, je lisais les mots sans rien y comprendre. Avec le temps, j'ai cru comprendre qu'il défendait des positions nationalistes. Est-ce que ça reflétait les opinions de Nawaz Jaffri ? Impossible de le savoir tellement il était discret sur ces sujets. D'ailleurs, je n'avais pas non plus beaucoup d'éléments sur ses convictions religieuses, même si je le voyais faire ses prières avec nous. Il était forcément sunnite sinon il n'aurait jamais rencontré mon père, mais jusqu'à quel point ? Son attitude avec moi, en tout cas, était bien loin de ce que j'avais connu dans mon village.

C'est donc dans le Nawa-i-Waqt que j'ai appris comment les communautés religieuses se déchiraient et s'entretuaient dans mon pays. À cette époque, un des sujets brûlant de l'actualité était le possible retour d'exil du meurtrier de Benazir Bhutto et j'étais stupéfaite de découvrir qu'une femme avait pu ainsi accéder au pouvoir, mais pas du tout étonnée qu'elle en soit morte. J'apprenais en outre des choses aussi communes que le nom des grandes villes pakistanaises ou celui des pays étrangers, alors que jusque-là je n'en connaissais que quatre : l'Inde, l'Afghanistan, l'Iran et... les USA ! Rapidement, j'ai éprouvé le besoin de lire autre chose que ce journal qui ne me suffisait pas, d'autant que, même si j'avais fait des progrès, je ne comprenais toujours rien à nombre de ses articles. Il me fallait des livres et je n'allais certainement pas demander à Nawaz Jaffri d'en acheter. L'idée m'est venue alors que je passais devant une librairie religieuse en rentrant de l'école. Pas question d'entrer dans celle-là, mais, en faisant pendant quelques jours de petits détours pour rentrer, au grand bonheur de Katherine qui adorait être dans la rue, j'ai fini par en trouver une autre plus éclectique. J'ai attendu devant la vitrine que le libraire, qui était en grande conversation avec un autre homme, soit seul et, là, j'ai réalisé l'acte le plus courageux et le plus fondateur de ma jeune vie : je suis entrée ! Quel émerveillement ! Des livres et encore des livres soigneusement rangés sur des rayonnages tout autour de moi. Le libraire était un homme jeune, grand et mince avec un beau visage aux traits fins qui ne m'effrayait pas. Il s'est approché de moi en souriant et, après les salutations d'usage, m'a demandé ce que je voulais.

— Des livres

Il a éclaté de rire.

— Ça tombe bien ! J'en ai plein !

Je me suis sentie rougir.

— Excusez-moi, je m'exprime mal. Voilà, je me demandais si vous n'auriez pas des vieux livres à me donner, des livres que vous voudriez jeter par exemple.

Il m'a considérée d'un air intrigué.

— Tes parents savent que tu es là ?

— Je n'ai plus de parents.

— Et ?

— Je travaille pour le père de cette petite fille et j'habite chez lui. C'est lui qui m'a appris à lire, mais il n'a pas de livres. Si vous voulez, je reviens demain avec lui, ai-je risqué.

Il a réfléchi un moment.

— Bon, écoute, repasse demain. Toute seule si tu veux, ça ira. Des livres dont je veux me débarrasser, j'en ai pas mal, mais je ne peux pas te donner n'importe quoi, il faut que je trie.

— Des livres pour apprendre, s'il vous plaît.

— Apprendre quoi ?

— Ce qu'on apprend à l'école puisque je n'y vais pas. Je sais juste lire l'ourdou et, encore, pas très bien.

— D'accord. J'ai compris. Repasse demain à la même heure.

En sortant, j'étais la plus heureuse des jeunes filles de douze ans du Pakistan. Katherine a tapé dans ses mains et s'est exclamée :

— Bravo, tu as réussi !

Je l'ai prise dans mes bras et nous sommes rentrées à la maison, serrées l'une contre l'autre. Comme je l'aimais cette petite fille aux yeux verts !

Le lendemain, mes livres étaient prêts, enveloppés dans un sac en papier serré par une ficelle.

— Voilà, avec ça, tu as de quoi faire ! a dit le libraire. Si tu en veux d'autres reviens quand tu veux !

C'est ainsi que Bilal est entré dans ma vie.

9.   Qu'est-ce qu'on pouvait bien ressentir quand on était le petit trésor de son papa ?

En octobre 2012, j'avais lu dans le Nawa-i-Waqt qu'on avait essayé d'attenter à la vie de Malala Yousafzai. Cela ne m'avait pas surprise… Ce qui était surprenant, c'était qu'elle ait survécu. Benazir et Malala étaient devenues mes héroïnes. Je n'étais pas en mesure de me comparer à elles, mais leur courage me portait. Moi, depuis, j'avais fait d'énormes progrès en mathématiques, matière qui me semblait facile, et en géographie et je maitrisais des bribes d'anglais.

Le 3 janvier 2013, veille de mon anniversaire, Nawaz Jaffri décida que nous avions tous besoin d'être rhabillés et rechaussés. En ce qui me concernait, c'était évident : je dépassais par tous les bouts de mes vêtements, d'anciens vêtements de Mariam, qui avaient, de plus, été maintes fois rapiécés, mais je n'osais imaginer que Nawaz Jaffri allait me rhabiller au même titre que ses enfants. C'est pourtant bien ce qui se passa : nous nous rendîmes tous au marché et j'eus le droit, comme Kumail et Katherine, de choisir deux *salwar kameez*[4]. Kumail en choisit deux de couleur beige, Katherine et moi chacune un vert et un bleu, les mêmes en deux tailles différentes, bien sûr, que le marchand mesura sur nous.

Tandis que nous parcourions le marché, Katherine me montra notre reflet dans la vitre d'une armoire, puis Kumail s'approcha pour se voir aussi, Nawaz Jaffri derrière lui, et nous fûmes tous les quatre dans ce reflet. Une famille… C'est ce que je pensais tandis que mon cœur cognait. Une famille, ma nouvelle famille.

Et Katherine devait avoir le même genre de pensées, car elle dit :

— Papa, et si nous allions faire faire une photo de nous quatre ?

— Excellente idée, Katherine, répondit son père, comme je m'y attendais, car j'avais compris depuis un moment que tout ce que Katherine voulait, Katherine l'obtenait, dans les limites du possible, bien sûr.

Qu'est-ce qu'on pouvait bien ressentir quand on était le petit trésor de son papa ? Je ne le saurais jamais.

Il y avait un photographe à l'angle du marché. Tandis que nous poussions sa porte, une autre idée que celle, bienvenue, de Katherine me taraudait. Allais-je oser ?

Nous posâmes, d'abord raides et compassés, puis Katherine se mit à faire des grimaces et ça détendit l'atmosphère et finalement le photographe déclara que ça devait être bon. Les clichés seraient prêts dans huit jours. Combien en fallait-il ? Quatre, répondit Nawaz Jaffri. Alors, je me lançai.

— Est-ce que je pourrais avoir une photo de moi toute seule, s'il vous plaît ? C'est pour mon petit frère.

— Comment…

— Oh oui, papa, c'est pour son petit frère qui est plus petit que moi et qui est triste parce qu'elle est partie.

— D'accord, Katherine.

Je posai donc seule devant l'objectif avec ce que j'espérais être mon plus beau sourire, mais qui se révéla, photos récupérées, être plutôt un genre de grimace. Nawaz Jaffri demanda trois clichés, deux pour moi et un pour Katherine qui, bien sûr, en voulait un.

Nous retournâmes au marché, car il nous manquait les sandales et, quand cela fut fait, Nawaz Jaffri me dit.

— Bien, Zainab, demain c'est ton anniversaire si je ne me trompe pas.

— Euh, oui…

— J'ai oublié les précédents. Mais, celui-ci, on va le fêter ! Est-ce qu'un livre neuf que tu choisirais toi-même te ferait un bon cadeau ?

— C'est très gentil mais c'est trop !

Qu'est-ce que tu attends de moi ?

— Je te rappelle que tu travailles pour moi et que je n'ai pas à m'en plaindre. La maison est propre, tu te lèves avant tout le monde pour préparer les petits déjeuners, tous les repas sont bons et tu sais très bien occuper Katherine.

— Vous me logez et me nourrissez, ai-je dit, histoire d'être polie.

Et, en plus, vous m'avez sûrement achetée.

— Ça, c'est plutôt un plaisir, n'est-ce pas Katherine ?

Katherine fit briller ses yeux et hocha vivement la tête.

— Oh oui, papa, qui est-ce qui s'occuperait de moi si Zainab n'était pas là ? Et avec qui je dormirais ?

Je caressai la tête de Katherine et regardai Nawaz Jaffri dans les yeux, chose qui m'arrivait rarement.

— Merci pour tout, monsieur Jaffri, et, oui, un livre j'adorerais.

Qu'est-ce que tu attends de moi ?

Nous retournâmes chez « mon » libraire. J'avais bien été obligée de révéler son existence, ce qui m'avait valu à l'époque pas mal de reproches et l'interdiction de m'y rendre seule.

— Tiens, revoilà notre grande lectrice, dit-il gentiment.

— Nous venons lui acheter un livre, dit Nawaz Jaffri.

— Très bien. Quel genre de livre ?

— Un dictionnaire, ai-je répondu, sans même avoir besoin de réfléchir, en posséder un était un de mes plus grands souhaits du moment.

— Excellent choix, a dit le libraire, mais je pense pouvoir t'en donner un. Il date un peu, mais ça ne devrait pas trop te gêner.

— C'est vrai ?

— Oui, oui, choisis autre chose.

— Un livre sur une femme célèbre.

Le libraire a souri.

— Je vois. Eh bien, j'ai peut-être quelque chose pour toi.

Il est parti dans l'arrière-boutique et revenu avec trois livres.

— D'abord, le dictionnaire. Comme tu peux le voir, il est un peu abimé.

Il était surtout énorme, mais ça m'allait très bien.

— C'est parfait, ai-je dit.

— Bien, ensuite, je suppose que tu n'es pas encore à l'aise en anglais.

— Non, j'ai juste commencé à apprendre un peu.

— Alors celui-ci attendra que tu sois prête, a-t-il dit en me montrant un des deux livres restants. Si tu veux avoir accès à plus de livres, il faut vite apprendre l'anglais. Pour le moment, je te propose donc encore un livre en ourdou : c'est une autobiographie de Benazir Bhutto. Pour notre pays c'est une femme vraiment importante.

Le livre était épais et s'intitulait « Fille de l'Orient ».

— Oui, je sais. C'est quoi une autobiographie ?

— C'est un livre dans lequel l'auteur raconte sa propre vie.

— Alors, oui, c'est très bien, ai-je dit. Et l'autre livre, c'était quoi ?

— « La cage dorée », un roman autobiographique aussi de Shirin Ebadi, la première femme juge iranienne, mais il est en anglais.

J'ai pris le livre entre mes mains, je l'ai un peu feuilleté. Apprendre l'anglais ! Je savais où se trouvait mon prochain challenge.

Nawaz Jaffri a payé et, juste au moment où nous allions sortir, le libraire s'est exclamé.

— Au fait, es-tu déjà allée à la bibliothèque ?

— La bibliothèque ?

C'est quoi une bibliothèque ?

— Oui, bonne idée ! a dit Nawaz Jaffri.

— Et pour l'anglais, jeune fille, si tu veux, tu peux passer ici de temps en temps pour que je t'aide à bien le prononcer.

J'ai senti que Nawaz Jaffri commençait à s'énerver et nous sommes sortis. Dans la rue, il m'a demandé de ne pas tenir compte de la dernière proposition du libraire. Il n'était pas correct que je me rende seule ici. J'ai promis de ne pas le faire. Puis il m'a expliqué ce qu'était une bibliothèque. Mes yeux ont dû s'arrondir, je n'en revenais pas !

Le soir, nous avons reparlé de la photo. J'ai expliqué que mon intention était de l'envoyer chez moi avec écrit « Pour Usman Bakhash » sur l'enveloppe au-dessus du nom de mon village. Tahir et Kumail et sans doute même Nasir, maintenant, savaient lire, tout dépendrait de leur bonne volonté, mais ça valait le coup d'essayer si Nawaz Jaffri était d'accord pour m'acheter une enveloppe et un timbre.

Il était d'accord. Et nous l'avons fait tout de suite après avoir récupéré les photos. J'avais juste ajouté un petit mot.

« C'est Zainab. Je vais bien, j'espère que toi aussi. Je pense à toi, mon petit Usman. »

Rien pour Mariam, c'était trop compliqué et, de toute façon, elle avait quitté la maison. Quand l'enveloppe a glissé dans la boite, je me suis dit que tout cela était idiot, Usman avait dû m'oublier.

Je crois bien que Nawaz Jaffri n'avait jamais mis les pieds dans une bibliothèque et il a fallu quelques semaines pour que l'idée fasse son chemin. Un samedi, nous sommes allés « en famille » visiter la plus grande du district, celle de Gahr Maharadja. De temps en temps, nous faisions ainsi une sortie en voiture en fin de semaine. La voiture de Nawaz Jaffri était toujours la même voiture rouge cabossée qui, trois ans auparavant, avait ravi la fillette terrorisée de dix ans que j'étais alors. Maintenant, j'adorais y grimper et j'étais friande de ces moments qui me permettaient de sortir de Jhang.

Gahr Maharadja était à une heure de de la maison et il était bien sûr hors de question de fréquenter régulièrement sa bibliothèque, mais c'était un lieu de promenade, notamment en raison du sanctuaire qui s'y trouvait. À un quart d'heure à pied de chez nous, il y avait une bien plus petite bibliothèque et c'est là que Nawaz Jaffri m'a inscrite. Je voulais des livres pour apprendre l'anglais et il y avait le choix. Bien sûr, je n'allais pas savoir le prononcer, mais on verrait ça plus tard. Nous avons aussi choisi quelques livres pour Katherine que j'allais pouvoir lui lire. J'y suis ensuite retournée une ou deux fois avec Katherine et enfin seule les soirs où Nawaz Jaffri rentrait plus tôt. J'adorais l'ambiance qui y régnait et j'aurais pu y rester des heures sans me lasser.

La bibliothèque me fournissait en livres de toutes sortes que je lisais en partie sur place, en partie à la maison. À l'envers de mon cahier, je notais les mots les plus importants qui me manquaient, le dictionnaire de la bibliothèque me permettant ensuite d'ajouter à côté de chaque mot sa traduction en anglais. J'aimais bien feuilleter mon cahier : la première page était couverte de mon nom plutôt mal écrit, les suivantes de tout un mélange de choses qui allaient de phrases simples à des phrases en anglais, des notes sur mes lectures en passant par des formules de mathématiques et, à l'envers du cahier, il y avait la liste de mes nouveaux mots.

Entre mon travail d'apprentissage et mes tâches ménagères, j'étais occupée du matin au soir, mais me réservais quand même de grandes plages horaires pour Katherine qui avait tant besoin de mon attention.

Entre cette petite fille et moi, quelque chose de fort était né.

4-Salwar kameez : costume unisexe se composant d'un pantalon large et d'une tunique longue.

10. J'ai servi de monnaie pour une dette d'honneur, vous voyez ce que je veux dire ?

Ce jour-là, je devais emmener Katherine pour sa première rentrée à l'école. Tandis que je préparais la boîte de repas de Kumail, elle tournait autour de moi, son sac sur les épaules, impatiente de découvrir son nouvel univers. Elle ne voulait pas déjeuner sur place, j'irais donc la chercher le midi et la ramènerais après le repas, ce qui allait tout de même me laisser beaucoup plus de temps libre.

Parfois, ne m'imaginant pas vivre ailleurs que là où j'étais, je me demandais ce qu'il adviendrait de moi quand les deux enfants seraient assez grands pour se débrouiller seuls, ce qui était d'ailleurs déjà plus ou moins le cas pour Kumail. Cela ne m'inquiétait pas outre mesure : je n'étais plus la petite fille perdue d'autrefois et Katherine m'aimait tellement…

En septembre de cette année 2013, je décidai de prendre des libertés avec les consignes de Nawaz Jaffri et de m'autoriser à retourner à la librairie. J'avais bien progressé en anglais écrit, mais je n'arrivais pas à le parler, d'autant que je n'avais personne avec qui le faire, excepté, à la rigueur,

Kumail, mais je n'avais aucune confiance dans sa prononciation. Presque tout le monde au Pakistan baragouine l'anglais, qui est, pour des raisons historiques, la deuxième langue officielle du pays, mais, ayant entendu parler anglais par des touristes, je savais que l'anglais pakistanais était un drôle d'anglais. Or, je voulais parler un anglais correct. De plus, j'avais très envie de retourner à la librairie pour discuter un peu avec le jeune libraire. Ma vie était bien meilleure que celle d'autrefois, mais, malgré tout, je n'échangeais quasiment qu'avec des enfants plus jeunes que moi. J'ai profité d'un après-midi officiellement de bibliothèque - car Nawaz Jaffri me demandait tous les soirs ce que j'avais fait durant la journée et Noura pouvait repérer mes sorties - pour faire ma petite excursion. J'étais souvent passée devant la librairie, juste pour voir la vitrine, mais c'était la première fois, depuis l'interdiction de Nawaz Jaffri, que j'osais y entrer. Le libraire était seul. D'ailleurs, je me suis fait la réflexion que, des clients, je n'en avais pas encore beaucoup vu.

— Ah, c'est toi ! a dit le libraire en me voyant. Eh bien, ça fait un moment… J'ai cru que tu t'étais évanouie dans la nature.

Tu as vraiment pensé à moi depuis la dernière fois que nous nous sommes vus ?

J'ai souri.

— Ça ne risque pas ! Avec deux enfants constamment collés à moi !

— Pas aujourd'hui, on dirait…

— Non, aujourd'hui, officiellement c'est bibliothèque. Bibliothèque, librairie, ça ne change pas grand-chose, non ?

— Tu es une drôle de fille, tu sais. Je n'en vois jamais des comme toi.

— Apparemment, vous ne voyez pas grand monde !

— C'est vrai, mais ce n'est pas très poli de dire ça à un commerçant qui ne te veut que du bien.

J'ai dû rougir.

— Vous avez raison !

— Bien sûr que j'ai raison ! Et toi, tu as pris drôlement d'assurance !

— Je suis désolée…

— Ne sois pas désolée, je plaisante ! Ceci dit, c'est vrai que tu me parais bien plus sûre de toi et c'est tant mieux ! Bon, alors tu viens chercher des livres, parler anglais ou les deux ?

— Parler anglais, c'était l'idée, mais maintenant je ne sais plus si je vais oser.

— Si, si… On peut commencer par des choses très faciles. Allez, c'est parti ! On commence par le commencement, what's your name ?

— Zainab

— Nice to meet you, Zainab. Me, it's Bilal.

— Nice to meet you, Bilal.

— How old are you ?

J'ai un peu triché.

— I'm fourteen and you ?

— I'm already twenty-eight, I'm old !

— Oh, no, you aren't !

Je sentais bien que ma prononciation était épouvantable à côté de la sienne.

— Can you tell me where you are from ?

— I'm from a very small village south of Jhang.

— And how did you get to Jhang ?

— By car.

Il a ri.

— Ok. But why did you leave your village?

J'ai hésité. Et c'est sorti, sans filtre. En ourdou.

— Je ne sais pas vraiment. Je crois que mon père m'a vendue au père des deux enfants.

Il m'a regardée, les yeux ronds, s'est tu un bon moment et a repris en ourdou.

— Oh non ! Mais comment… ?

Tant que j'y étais, autant aller jusqu'au bout.

— J'ai servi de monnaie pour une dette d'honneur. Vous voyez ce que je veux dire ?

— Oui, a-t-il dit d'un ton lugubre.

— Après, j'étais moi-même déshonorée, les autres enfants me jetaient des pierres, les adultes aussi parfois, et je ne pouvais plus rester au village. Alors, Nawaz Jaffri est venu me chercher. Je pense que mon père lui a demandé de l'argent en échange, mais je n'en suis pas certaine.

— Je ne sais pas quoi dire.

J'ai souri.

— Il n'y a rien à dire. C'est comme ça ! Je ne me plains pas, Nawaz Jaffri me traite comme ses enfants.

J'ai de la chance. Il pourrait… Enfin, vous voyez, quoi.

— Oui.

— La chose la plus terrible pour moi maintenant, ce n'est pas d'être ici, c'est d'avoir dû abandonner mon petit frère que j'étais seule à aimer… enfin, non, ma sœur Mariam aussi l'aimait, mais elle est mariée maintenant et plus à la maison et…

Et je me suis effondrée en larmes. Je n'étais toujours pas guérie d'Usman, c'était évident. Bilal a posé une main amicale sur mon épaule.

— Pleure, Zainab, si ça peut te faire du bien. Ce que tu viens de me raconter est épouvantable. Je ne sais pas où tu trouves ta force après tout ça parce que, de la force, tu en as, ça saute aux yeux. Je t'admire. Vraiment.

Alors, j'ai pleuré. Un bon moment. Cela me faisait un bien fou de hoqueter comme ça devant ce pauvre libraire qui ne savait plus ni quoi dire, ni quoi faire. À la fin, j'ai reniflé, me suis essuyé les yeux et j'ai balbutié.

— Il faut que j'y aille maintenant. Je ne veux pas être en retard à l'école. Merci de m'avoir écoutée et désolée pour la crise de larmes.

— Je t'en prie ! À bientôt ! Reviens quand tu veux.

Et je me suis sauvée, vaguement honteuse, mais en même temps un peu soulagée qu'un adulte ait pris la peine de m'écouter et surtout se soit indigné. Car, plus je grandissais, moins je me résignais à accepter ce qu'on m'avait fait subir et qui continuait à me hanter. Je m'appliquais à ne plus y penser, mais je faisais toujours des cauchemars et je fuyais les contacts, sauf avec Katherine. Et maintenant il y avait la colère. Sous mes dehors patients et bienveillants, quelque chose commençait à bouillir et attendait son heure.

Le premier pas ayant été fait, les suivants ont été faciles et j'ai ensuite souvent profité de mes sorties seule pour m'arrêter à la librairie. Bilal et moi parlions le plus souvent en ourdou, en fait, car j'avais trop de mal à trouver mes mots en anglais pour soutenir une vraie conversation, mais, ourdou ou anglais, ce qui m'importait c'était de parler. Bilal était très discret sur sa vie privée - il ne semblait pas marié, mais, après tout, qu'en savais-je ? - mais il était intarissable sur la littérature à laquelle il m'ouvrait. Ces moments passés avec lui étaient devenus précieux dans ma vie routinière. De plus, il me prêtait des livres que je cachais sous mon matelas. J'en avais ainsi toujours un à disposition. Un jour, il m'entraîna vers son arrière-boutique. C'était une pièce meublée d'un lit, d'un fauteuil et d'un tout petit coin cuisine. Avec un autre homme, j'aurais eu peur, mais lui ne m'inspirait aucune crainte.

— J'habite là, tu vois, derrière mes livres. Tu veux un thé ?

Il n'est donc pas marié. Étrange… pour un bel homme comme lui !

— Je veux bien. Vous n'êtes pas marié alors ?

— Euh… non. Pourquoi ?

— Rien. C'est étonnant.

— Ah bon ! Disons que je n'ai pas trop envie de me marier.

— Comme moi !

— Oh, toi, tu es encore bien jeune pour avoir ce genre d'idée. Dis donc, pendant que j'y pense, tu ne voudrais pas me tutoyer ? Tous ces « vous », c'est bien cérémonieux.

— Je peux essayer, mais ça va être difficile, j'ai l'habitude du « vous » maintenant.

Il a posé mon thé devant moi.

J'aime autant qu'on se voie là parce que dans la boutique ce n'est pas très discret.

— En même temps, si quelqu'un me voit sortir d'ici…

— On fera attention.

Grâce aux enfants et à Bilal, j'avais trouvé à Jhang une forme d'équilibre, et même de bonheur, quand le malheur a de nouveau frappé.

11. **On pourrait se marier tous les deux**

— Demain, un nouvel anniversaire, Zainab.

— Oui…

Pourquoi ce drôle de regard ?

— Quatorze ans ! C'est un âge ! Tu as bien changé depuis que tu es arrivée.

— Oh que oui ! Je sais lire, écrire, jamais je n'aurais cru ça possible.

— Et tu es devenue une belle jeune fille.

J'ai frémi et n'ai rien répondu. Il a repris.

— Dans deux ans, tu auras seize ans, l'âge du mariage pour une femme. Si tu veux…

Il s'est arrêté, comme intimidé, puis a continué.

— J'ai pensé… enfin si ça te convient… eh bien qu'on pourrait se marier tous les deux. On vit déjà presque comme si on était mariés. Kumail t'aime bien. Quant à Katherine, elle t'adore. Il me semble que c'est la chose à faire, non ?

Voilà… On y est ! C'est pour ça que tu fais tant d'efforts avec moi ? Il y a longtemps que ça doit te trotter dans la tête.

— Oui, peut-être, je n'y ai jamais réfléchi. Dans deux ans, c'est très loin.

— Bien sûr, mais penses-y déjà... On en reparlera. D'autant que si tu es d'accord, on peut se marier avant tes seize ans, c'est très courant.

Bien sûr... Je ne sais vraiment pas pourquoi on attendrait l'âge légal !

Cette conversation m'a plongée dans une grande consternation tout en gonflant ma colère. Ça continuait ! Et je ne comprenais pas. J'étais presque prête à le considérer comme un père, cet homme-là, et voilà que le monde basculait à nouveau. Qu'est-ce qui lui prenait ? Pourquoi m'avait-il encouragée, et même aidée, à m'émanciper un peu, si le but était de me mettre dans son lit - car c'est comme ça que je voyais le mariage à cette époque – et, finalement, de me traiter comme n'importe quelle femme sans éducation ? En fait, il voulait juste m'amadouer. Mariée à seize ans comme le permettait la loi ou peut-être même avant « si j'étais d'accord », quelle aubaine, quel grand destin ! pensais-je amèrement. Jusque-là, j'avais toujours vu le mariage comme quelque chose qui ne m'arriverait pas. Je le disais déjà quand j'étais enfant à Mariam. J'avais vu vivre ma mère. Merci bien, ce genre de vie n'était pas pour moi ! Et si, au cours de mes lectures, il m'était arrivé de tomber une ou deux fois sur une histoire d'amour qui se terminait par un mariage, comme je n'avais jamais ressenti quelque chose de vaguement semblable à cet « amour » que pour Mariam, Usman et Katherine, ces histoires entre hommes et femmes ne me parlaient pas.

D'ailleurs, Nawaz Jaffri ne me parlait pas d'amour. De sexualité alors, probablement ? Oui, car maintenant c'était clair, j'avais bien remarqué un changement dans la manière dont il me regardait. Malgré ma sinistre expérience, je me sentais totalement ignorante sur le sujet. Tout cela était sale, dégoûtant, rebutant. Imaginer la chose avec Jaffri me mettait dans un état quasi-nauséeux. C'était contre nature, tout simplement. Je lui en voulais, remettant en cause toutes les attentions qu'il avait eues pour moi. Mais, n'étais-je pas injuste ? Sa proposition ne tombait-elle pas sous le sens ? Et puis, je devais me méfier et ne rien montrer de mes atermoiements, car, après tout, mon père m'avait donnée, peut-être même vendue, à lui, et, donc, je lui appartenais, il pouvait bien faire de moi ce qu'il voulait. Encore heureux qu'il envisage d'attendre, certaines fillettes étaient mariées à douze ans dans ce pays et peu importait la loi ! La loi officielle, celle de l'état, pliait devant celle des anciens, celle des jirgas[5], celle du sexe masculin, tout simplement, ça je l'avais bien compris ! Dans mon village, parce que j'avais été élevée en ce sens, cela ne m'avait jamais choquée : la femme était une espèce à mi-chemin entre l'homme et l'animal de trait, entre mon père et sa bufflonne, par exemple, et j'étais quasi-certaine que mon père aurait eu plus de mal à se séparer de sa bufflonne que de ma mère. Donc, que nous soyons soumises aux hommes me semblait normal. Sauf que, maintenant, les choses étaient bien différentes : j'avais fait des progrès que la bufflonne aurait été bien incapable de faire.

Je pensais même que j'en savais maintenant plus que mon père, mais, physiquement, je ne faisais pas et ne ferai jamais le poids. Faire attention, donc, ce qui voulait dire que rien ne serait plus comme avant.

À partir de ce jour, j'ai commencé à me sentir très mal à l'aise en présence de Jaffri. Je le connaissais assez, malgré tout, pour savoir qu'il ne me forcerait à rien, mais ses regards fiévreux m'indisposaient ainsi que l'idée que nous vivions sur un malentendu. La conséquence de cette conversation était évidente : je n'allais pas pouvoir rester encore longtemps dans cette maison où j'avais pourtant cru trouver ma place et, pendant les huit premiers mois de l'année 2014, j'ai vécu dans ce qui me semblait être une forme de malheur. Ce que j'ignorais c'était qu'en termes de malheur, j'allais connaître bien pire.

Au Pakistan, le début de l'automne est tradition-nellement saison de mousson. Pas tous les ans, non. Il arrive qu'on attende avec impatience la mousson pour irriguer les terres. Cette année-là, la mousson battait déjà son plein en août et c'est avec elle qu'est arrivé le malheur. Les premières eaux sont entrées dans Jhang le 8 septembre 2014. Elles descendaient de l'Himalaya, avaient semé la désolation dans les vallées du Cachemire et se dirigeaient vers la plaine de l'Indus. Les rivières Chenab et Jehlum les attendaient au barrage de Trimmu, devant le mur de protection de Athara Hazari, en grossissant sous la pluie qui ne cessait de tomber. Avant d'atteindre le mur, la Chenab traversait l'ouest de Jhang du nord au sud et la Jehlum, qui ne faisait déjà plus grand cas de son lit, ne se privait pas d'ajouter de l'eau à l'eau. Le 10 septembre, un deuxième torrent, bien plus important que le premier, se déversa dans Jhang causant de nombreux dégâts, affolant la population et même le gouvernement, qui allait prendre par la suite des décisions drastiques et contestables pour sauver la ville.

Le 8 et le 9, relativement protégés, nous avions pataugé. Le 10, ce fut une autre histoire. Des torrents d'eau sale et de boue, charriant des débris de toute nature, bidons, branches d'arbres, morceaux de murs, tôles..., se déversèrent dans les rues. Au matin du 10, j'avais de l'eau jusqu'au mollets et elle montait à toute vitesse. Aidés de Noura et de son mari, nous avons mis à l'abri chez eux tout ce qui avait de l'importance et pouvait être sauvé. Leur appartement était aussi petit que le nôtre et, bientôt, il est devenu difficile de s'y tourner. Katherine y tournait pourtant, cherchant sa maison de poupée jusqu'à ce que nous réalisions que personne ne s'en était occupé. Alors, tout est allé très vite.

Katherine crie.

— J'y vais !

Personne n'a le temps de la retenir. Elle commence à descendre l'escalier en courant sur les marches en bois glissantes de pluie. Tandis que Nawaz Jaffri court à sa suite, j'entends un bruit de chute, c'est Katherine, puis un second, c'est Nawaz Jaffri et, descendant l'escalier, je ne vois que Nawaz Jaffri, couvert de boue, brassant et rebrassant l'eau, qui lui arrive à mi-cuisses, en hurlant le prénom de Katherine.

Criant, hurlant, pleurant, nous avons tous cherché pendant des heures, sauf Kumail, qui avait interdiction de descendre et s'était assis, le visage ruisselant de larmes et de pluie, sur les marches de l'escalier. Rien n'y a fait. Katherine avait dû s'assommer en tombant et, fluette et légère comme elle l'était, s'était fait emporter par l'eau sans que cela fasse la moindre vague. Je suis incapable de décrire l'état dans lequel nous étions Jaffri, Kumail et moi au soir de cette horrible journée. Quand on avait connu le petit tourbillon de lumière qu'était Katherine, ses yeux clairs pleins de malice, ses rires, sa gentillesse, il était impossible de se la représenter quelque part enfouie sous la boue et surtout d'imaginer continuer à vivre sans elle.

Les deux jours suivants furent terribles, d'autant que nous étions toujours logés chez les voisins sans aucune intimité possible, alors que chacun de nous aurait voulu se rouler en boule dans un coin et ne plus voir personne. *Je suis un oiseau, je vole très haut…*

Au troisième jour, l'eau reflua brutalement sous l'effet de la décision prise par le gouvernement d'ouvrir des brèches dans le mur de protection du barrage, puis dans le barrage lui-même, libérant des flots incontrôlables qui allèrent inonder des hectares de zones agricoles au sud de Jhang, détruisant de très nombreux villages et provoquant le déplacement de plus d'un million de personnes. La ville de Jhang était sauvée, mais à quel prix ! Je ne savais pas si le village de mes parents avait été touché - compte tenu de sa proximité avec la Chenab c'était probablement le cas - et ne voulais pas le savoir. Apprendre que Mariam ou Usman avaient aussi disparu ne m'aiderait en rien. La seule chose qui pouvait me maintenir debout, c'était de chercher le corps de Katherine avec Jaffri. Un crève-cœur que de retourner ces monceaux de détritus en espérant et redoutant à la fois d'y trouver les restes de notre petite chérie. Ces jours-là furent des jours d'hébétude dont j'ai même peine à me souvenir. On partait le matin, rentrait le soir couverts de boue, n'ayant rien mangé de la journée et sans faim aucune. Au bout d'une semaine, Jaffri décida que ça suffisait, qu'il fallait que je m'occupe de Kumail, qui était devenu une ombre, et que je range et nettoie l'appartement. Alors je m'y suis mise. Boue, larmes et boue. Larmes et larmes. Boue. Déblayer, laver, redescendre les meubles et objets entreposés chez le voisin. Retrouver la maison de poupée dans un coin, *je suis un oiseau... je vole très haut,* la récurer. Larmes et larmes. Elle était très abimée. Le soir, Jaffri l'avait piétinée avec fureur en répétant que tout était de sa faute, la maison de poupée construite, puis oubliée et, surtout, Katherine qu'il avait mal surveillée. Sur ce dernier point, je me faisais le même reproche. Nous nous croisions, les yeux rougis, sans nous parler, nous ne mangions quasiment pas. J'ai compris à ce moment que toute la gaité que j'avais sentie en arrivant dans cette maison venait de Katherine et qu'elle était définitivement perdue. Quant à Kumail, je ne savais comment adoucir son chagrin et, d'ailleurs, je n'en avais pas la force. J'ai recommencé à l'emmener à l'école, même s'il était bien assez grand pour s'y rendre seul, et nous y allions muets, chacun de nous perdu dans son malheur, incapables de nous soutenir l'un l'autre.

Le sommeil m'a de nouveau quittée et j'étais réveillée quand, une nuit, Jaffri est entré dans ma chambre. Tout en faisant semblant de dormir, je serrais les poings et m'apprêtais au combat qui n'allait pas manquer de suivre. Et puis non, Jaffri est resté à l'entrée, debout, en silence, et il est ressorti. Était-il entré dans la chambre avec de mauvaises intentions ou voulait-il simplement voir la place où dormait sa fille avant ? Je n'en savais rien, mais c'est là que j'ai pris ma décision. Rester dans cette famille où Katherine ne serait plus n'avait pas de sens. D'ailleurs quelle serait mon utilité ? Rester pour rien. Rester pour pleurer jusqu'à mon mariage ou, pire, jusqu'à mon viol prochain, car je n'avais plus la présence de Katherine pour me protéger dans la chambre. Kumail était assez grand pour se rendre à l'école tout seul et, à eux deux, son père et lui sauraient se débrouiller pour l'intendance. Plus j'y pensais, moins j'étais tentée par l'idée de me frotter chaque jour à leur chagrin, alors que je devais déjà porter le mien, avec au bout du chemin, la seule perspective d'un mariage avec Jaffri. Tourner la page, c'était la seule solution. Et discrètement. Pas d'adieux, le risque était trop grand.

Partir n'était pas simple. Partir, oui, mais pour aller où ? Et comment alors que je n'avais pas un sou ?

Il me fallait de l'aide et il n'y avait qu'une seule personne qui pouvait m'en donner. Il me semblait en tout cas que je ne risquais pas grand-chose à lui en demander. Alors, je me suis armée de courage et, après avoir laissé Kumail à l'école, je suis allée voir Bilal. À quelques pas de la boutique, j'ai vu qu'une table avait été sortie et que des livres séchaient dessus. Bilal était à l'intérieur, très occupé à son nettoyage lui aussi. Il m'a regardée et a tout de suite vu que quelque chose n'allait pas.

— Qu'est-ce qui t'arrive ?

— C'est Katherine.

— Katherine, c'est le petit bout de fille que tu gardes ?

— Oui.

— Et ?

— Elle est morte.

Il s'est tu un moment et a repris :

— L'inondation, c'est ça ?

— Oui, elle a glissé sur des marches d'escalier et elle a disparu dans la boue.

— C'est affreux.

— J'étais de nouveau au bord des larmes. Il m'a entraînée vers son arrière-boutique.

— Là, assieds-toi. Un thé ?

— Si tu veux.

— Tiens, mange un gâteau en attendant. Tu as une tête à faire peur.

Pendant qu'il préparait le thé, je lui ai parlé de la proposition de Nawaz Jaffri dont je ne lui avais encore rien dit.

Il a posé mon thé devant moi.

— Et je ne veux pas me marier ! Alors, je dois partir.

— Tu sais que tu prends des risques en me disant ça. Et si j'allais le trouver, ton Nawaz Jaffri ?

— Tu ne le feras pas.

— C'est vrai, mais tu es imprudente, tu devrais te méfier de tout le monde. Les femmes dans ce pays... Enfin tu es au courant !

— Oui, mais je sais bien qu'avec toi je ne risque rien et puis Jaffri a laissé partir sa femme et n'a jamais cherché à la retrouver.

— D'accord, mais il est triste et peut-être en colère.

— Oui, après lui-même.

— Bon... Et qu'est-ce que tu veux exactement ?

— Je veux quitter Jhang.

— Ça, c'est évident : si tu pars de chez ce monsieur, il faut que tu quittes Jhang, car je ne sais quel genre d'accord il a conclu avec ton père, mais si ton père apprend ta fuite, il pourrait la considérer comme une insulte et se mettre lui-même à te rechercher. Et, là, s'il te retrouve...

— Oui, je sais, j'y ai pensé. J'ai plus peur de mon père que de Jaffri. S'il se sent déshonoré par ma conduite, il ne faut pas qu'il puisse mettre la main sur moi !

— Et tu as bien réfléchi ? Tu es en sécurité là où tu es pour le moment. Tu pourrais encore profiter d'au moins un an tranquille et partir plus tard.

— Je suis bien certaine qu'il va m'en reparler bien avant mes seize ans de ce mariage et je ne veux pas qu'il continue à croire que c'est une possibilité et puis, sans Katherine, c'est trop dur.

— Tu as pensé au petit garçon ? Car il y a un petit garçon, non ? Déjà abandonné une fois par sa mère, si j'ai bien compris. Il ne faudrait pas qu'après tu te fasses des reproches.

Je me suis tue un moment. C'était le point sensible.

— Oui.

— Et ?

— Il s'en remettra, il est plus âgé que moi quand j'ai dû quitter mon village et il a un père qui l'aime et sans doute des amis à l'école. Rien à voir avec moi qui me suis retrouvée abandonnée de tous et pourtant je m'en suis remise. De plus, il ne m'est pas attaché comme l'était Katherine.

— Peut-être, mais tu es un élément de stabilité dans sa vie qui vient juste d'être bouleversée par la mort de sa sœur.

Arrête ! S'il te plaît, arrête !

— Ce n'est pas juste de me dire ça. Tu veux me culpabiliser ? Ce n'est pas la peine, je fais ça très bien toute seule.

— Je veux juste…

— Je n'ai pas à prendre en charge un enfant de

deux ans de moins que moi. Je ne suis pas sa mère. Tu comprends ? Je suis une enfant moi aussi et j'ai déjà beaucoup souffert. Et puis tu sais quoi ? Il y a deux nuits Jaffri est entré dans ma chambre !

Et je me suis levée. J'étais très en colère. Il m'a retenue.

— Calme-toi, tu as raison et tu ne m'avais pas encore dit ça. C'est juste que ce départ me semble prématuré et m'inquiète, mais, bon, c'est ton choix, après tout, et tu m'as l'air plutôt responsable pour… une enfant. Au fait, pourquoi es-tu venue me voir ? Tu as besoin d'aide, c'est ça ?

— Je ne serais pas partie sans venir te voir. Et, oui, tu as raison, j'ai besoin d'aide.

— Ah !

— Je n'ai pas d'argent et je ne sais pas où aller.

— Évidemment. Dans ce cas, c'est compliqué. Enfin, pas l'argent, pour ça on peut toujours s'arranger. Je croyais que tu pensais à un foyer pour femmes seules. Tu sais que ça existe ?

— Non.

— Ce ne sont pas tous des endroits où les femmes sont vraiment protégées. Il arrive même que certains foyers décident de marier des femmes qu'ils hébergent contre de l'argent. Il faudrait se renseigner pour en trouver un correct.

Il a hésité un instant.

— Remarque, j'ai peut-être une solution…

J'ai attendu, mais il réfléchissait en silence.

— Écoute, je ne veux pas te donner de faux espoirs. Repasse dans quelques jours, d'accord ?

Et, quand je suis revenue, c'était réglé.

Le jour de mon départ, je nous ai mis en route pour l'école, Kumail et moi, un peu plus tôt que d'habitude, car je voulais lui parler.

— Kumail, ce soir, je ne vais pas venir te chercher ai-je commencé.

— Il m'a regardée, étonné.

— Ah bon, eh bien, je rentrerai tout seul.

— Et je ne serai pas chez toi non plus. Je m'en vais.

— Tu t'en vas ?

— Oui.

— Je ne comprends pas. Ça veut dire quoi ? Tu quittes la maison ?

— Oui.

— Pourquoi ? À cause de Katherine ?

— Pas seulement. Je veux aller au collège comme toi et faire des études.

— Papa le sait ?

— Non.

— Alors, tu n'as pas le droit de partir, je pense.

Cette réflexion m'a mise hors de moi.

— Ah non, Kumail, tu ne vas pas t'y mettre toi aussi !

— Me mettre à quoi ?

— À traiter les femmes comme si elles n'avaient aucun droit !

— Je n'ai pas dit ça parce que tu es une femme, mais parce que tu n'es pas une adulte.

Je me suis radoucie.

— Ah tu trouves… Tu te rends quand même compte que je travaille ? Ça fait des années qu'on me demande de me comporter comme si j'étais une adulte. Alors, le droit, je le prends.

— Si tu veux aller au collège, demande à papa. Maintenant qu'il n'a plus besoin de toi pour… Katherine…

Sa voix s'est brisée.

— Ton père a d'autres projets pour moi.

Il ne m'a pas demandé lesquels, ce qui m'a surprise. Avait-il compris tout seul ? Je n'imaginais pas son père lui annoncer son mariage deux ans à l'avance. J'ai vu ses yeux se remplir de larmes.

— Oh non, Kumail, s'il te plaît, ne pleure pas !

— Je ne pleure pas.

— Tu sais qu'un de mes frères porte le même prénom que toi ?

— Non, tu ne me l'as jamais dit.

— Parce que je ne l'aime pas. Tu es davantage mon frère que lui maintenant.

— Alors, reste.

— Je ne peux pas. Tu es grand maintenant. Tu peux aller à l'école seul. Tu as un père qui t'adore et sûrement plein d'amis à l'école.

— Oui, mais la maison est tellement triste. Alors, sans toi ça va…

— Ça va s'arranger. Tu sais, j'ai été très triste quand ma grand-mère est morte, je l'aimais beaucoup, mais, maintenant, c'est fini même si je pense toujours à elle. Dans quelque temps, ce sera la même chose pour toi avec Katherine. Tu ne l'oublieras jamais, non, ça c'est certain, et moi non plus, bien sûr, mais sa disparition ne nous fera plus vraiment souffrir. Moi, je ne peux pas attendre. Toi, tu veux faire des études, non ?

— Oui.

— Eh bien, moi aussi. Tu comprends ça ?

— Oui, a-t-il dit à contrecœur.

— Je veux être médecin ou avocate ou chercheuse ou je ne sais pas… mais pas une mère de famille qui ne sort pas de chez elle et à qui on ne demande jamais son avis. Alors, j'ai trouvé un travail qui va me permettre d'étudier en même temps.

— À Jhang ?

— Non, à Karachi.

Nous étions devant l'école et il commençait à regarder autour de lui d'un air gêné. Je savais qu'il n'aimait pas trop que ses copains me voient.

— Bon, je dois y aller maintenant, je ne veux pas être en retard, a-t-il dit.

— Au revoir, Kumail, porte-toi bien et fais de grandes choses. Tu es un garçon intelligent.

— Au revoir.

Il allait s'élancer.

— Attends !

Il s'est retourné.

— Je te promets de revenir te voir dès que ma situation le permettra. D'accord ?

— D'accord.

Et il est parti en courant.

Après ça, je suis vite retournée à la maison en luttant contre la culpabilité qui commençait à me ronger. En même temps, n'était-ce pas le moment pour Kumail de prendre une vraie place auprès de son père ? Oui, bien sûr, et, si je restais, je lui ferais de l'ombre. Donc, pas le moment de flancher. D'ailleurs, ce n'était plus possible. J'ai tout nettoyé à fond une dernière fois, puis j'ai écrit un mot à Jaffri :

Monsieur Jaffri,

Je ne veux pas me marier avec vous, car je vous ai toujours considéré comme un père. J'ai donc décidé de quitter la maison. Je sais que la vie est dure en ce moment pour vous, pour Kumail et pour moi aussi, car j'adorais Katherine, mais je ne peux pas attendre en vous laissant croire que nous allons nous marier. En fait, je crois que je ne me marierai jamais. Je veux faire des études pour avoir plus tard un métier. Je vous remercie pour tout ce que vous avez fait pour moi, comme m'aider à apprendre à lire. Sans vous, rien n'aurait été possible et je suis désolée de vous abandonner ainsi, Kumail et vous. Merci de ne pas me rechercher et de ne rien dire à mon père. De toute façon, même si on me retrouvait, ça ne changerait rien.

Au revoir.

Zainab

Ça ne changerait rien... Vite dit ! Si on me retrouvait, je serais bien obligée de me plier à leurs lois...

Il me restait à réunir mes quelques biens, dont mes livres d'anglais et de géographie, mes deux seuls livres non scolaires, celui sur Benazir Bhutto que j'avais terminé et celui sur Marie Curie que Bilal venait de me donner - le reste de mes livres ne me servirait plus -, ma tresse et mon cahier. Il me fallait abandonner mon trop encombrant dictionnaire, ce que je fis à regret. Comme je n'avais même pas de valise, j'ai bourré tout ça et mes quelques vêtements dans deux grands sacs en tissu, que j'avais achetés la veille à l'épicerie, et je me suis précipitée vers la station de bus.

5 – Jirga : assemblée tribale d'hommes qui vise à prendre des décisions par consensus

Sam

12. **J'aimerais mieux rentrer à la maison**

Annecy, 2017

Vacances de Toussaint. Je suis à l'école, il est quatorze heures et je clone des machines quand, soudain, une pensée me traverse : qu'est-ce que je fiche là à remettre une fois de plus un parc informatique à jour ? J'en ai par-dessus la tête de cette informatique qui galope devant moi. La technique me rebute. Je n'étais pas faite pour ça. J'étais faite pour écrire des romans, épouser un homme attentionné qui ne perdrait pas les pédales et partir avec lui au soleil, au bout du monde, pendant les vacances de Toussaint. Toutes les vacances de Toussaint.

L'écran devant moi aligne ses joyeuses lignes de code. Quelle poésie ! Je laisse tout en plan, sachant que l'opération de clonage à laquelle je viens de consacrer deux heures s'arrêtera à la première question sans réponse et que je devrais peut-être tout recommencer dans quelques jours, et je file vers ce que je voudrais être une vie. Le cinéma ? Claudie ?

J'ai tellement peu d'amies… En fait, j'en avais, des amies, mais depuis que Max s'est fait la belle, je suis devenue infréquentable. Elles m'ont lâchée les unes après les autres, celles que je croyais être des amies - sauf Claudie, bien sûr - à moins que ce soit moi qui les ai lâchées. Bref !

Le cinéma l'après-midi, non, je n'en suis pas encore là. Claudie est sur répondeur. Il fait grand beau. Je rentre enfiler une tenue de sport et pars en courant vers le lac rejoindre la cohorte des joggeurs qui ne cesse de s'accroître au fil des années. Ici, on est sportif plus que partout ailleurs. On court, on fait du vélo, on nage, été comme hiver, on plonge, on voile, on skie sur piste ou sur goudron, on escalade, on randonne, on surfe sur l'eau ou sur la neige, on parapente… C'est parfois très fatigant d'assister à cette débauche sans y participer et pas toujours facile de pouvoir soutenir une conversation le lundi matin, quand tout un chacun raconte ses exploits. Moi, si je cours, c'est seulement au bord du lac, par beau temps, parce que la splendeur du paysage me réconcilie toujours un peu avec la vie.

Alors que je passe le virage du lieu-dit « Le Petit Port », il me semble reconnaître Sahar, assise sur un banc, un livre à la main. Oui, c'est bien elle. J'hésite un peu et, alors que d'habitude j'évite de croiser mes étudiants ailleurs qu'au lycée, je m'arrête. Cette petite a décidément quelque chose qui m'attire.

— Bonjour, Sahar

Elle lève la tête de son livre, surprise, et met quelques secondes à me reconnaître : la tenue, le bandeau dans les cheveux et je souffle comme un bœuf.

— Oh ! Bonjour, madame.

— Joli temps, non ?

— Oui, c'est agréable… On est bien ici. C'est tellement beau !

Je jette un œil à son livre. C'est le livre d'anglais.

— Et tu travailles ? Tu travailles tout le temps, non ?

— Oui, mais ça ne sert pas à grand-chose : il faudrait surtout que je parle.

— Elle en dit quoi madame Darras ?

En fait, je sais très bien ce qu'en dit Claudie.

— Qu'il faut que j'ose parler en classe !

— Il faut le faire alors…

— C'est difficile. Je parle mal et j'ai un accent pakistanais qui fait rire les autres.

— Ah oui, je vois. Eux, ils ont un accent français. Le pire accent du monde, parait-il, mais ils ne s'en rendent pas compte puisqu'ils ont tous le même.

— Non pas Jonathan. Madame Darras dit qu'il a un accent parfait.

— C'est normal, son père est anglais. Parle avec lui, alors. Il est sympa, non ?

Il m'était arrivé de les voir ensemble.

— Oui… mais je ne le connais pas bien et puis il est en vacances…

— Toi aussi, non ? Tu devrais faire un peu autre chose que travailler.

Silence.

— Il te faudrait des cours particuliers. Je vais lui en parler à madame Darras.

— Je n'ai pas de quoi payer des cours.

— Oui, on verra… Ce n'est sans doute pas un problème.

Le soir du même jour, je suis en train de préparer ma salade du dîner en songeant que je pourrais bien moi-même parler anglais avec Sahar quand, enfin, j'ai des nouvelles de Max. À vrai dire, pas vraiment de quoi me réjouir. C'est Rémi qui m'appelle.

— Sam ?

— Oui.

— Salut, c'est Rémi. Ça va toi ?

Bien le moment de t'en soucier…

— Oui, merci. Et vous ? Toujours amoureux ?

La réflexion est de trop, mais c'est sorti comme ça. Rémi ignore.

— Justement, c'est pour ça que je t'appelle, on a un souci.

— …

— Avec Max.

— Si c'est avec Max, c'est toi qui as un souci. Max ne fait plus partie de ma vie.

— C'est quand même encore ton mari et il débloque complètement.

— C'est-à-dire ?

— Eh bien, ça fait un moment que ça dure, mais, là, ça s'aggrave. Il ne sort plus du tout, ne fait rien de

106

la journée et ça fait deux soirs qu'il picole. Au moment où je te parle, il est complètement bourré et il pleure. J'en peux plus.

— C'est pas comme si je t'avais envoyé vingt messages pour te demander des nouvelles…

— Oui, je sais. Mais il voulait pas…

— Alors, débrouillez-vous tous les deux. C'est bien toi qui as un problème avec Max, pas moi.

— Sam…

Et je raccroche.

Bien sûr, cinq minutes plus tard, je rappelle Rémi.

— Écoute, si c'est si grave que ce que tu dis, il faut le faire hospitaliser.

— C'est bien ce que je pense, mais je fais ça comment ? Je ne suis pas de la famille. Il n'ira pas de son plein gré, crois-moi, on en a déjà parlé.

— Tu appelles un médecin. Il te rédige un certificat disant que Max débloque et qu'il ordonne l'hospitalisation. Pas besoin d'être de la famille.

— Ça aura plus de poids si c'est toi.

— Rémi, je n'ai pas besoin de ça en ce moment. Je ne suis pas au mieux de ma forme moi non plus.

— Je ne veux pas m'en occuper seul.

— Ok ! D'accord ! J'appelle mon médecin. Je lui demande de passer demain. Ça te va ?

— À quelle heure ?

— Qu'est-ce que j'en sais, moi ? Je n'ai pas son agenda sous les yeux. Il t'appellera avant.

— Je veux que tu viennes aussi.

— Misère ! Tu es lourd, là. Si j'ai bien compris, Max ne veut plus me voir. Alors, je viens et je me fais jeter, c'est ça ?

— Je ne crois pas que tu te feras jeter. Il a des regrets, tu sais.

— Non, je ne sais pas. Comment je saurais ? Grâce à vos messages, peut-être ?

— Il ne voulait pas…

— Et maintenant il veut, c'est ça ? Bon, écoute, j'y réfléchis. À venir. Pas aux regrets de Max ! En attendant, mets-le au lit et vire les bouteilles. Tu verras bien demain si je suis là. Salut.

Le lendemain, en fin de matinée, je suis chez Rémi, attendant le médecin. On a dû réveiller Max et il est encore dans les vapes. Son visage est blafard, ses yeux cernés et il a terriblement maigri. Il n'a pas dit un mot en me voyant et… il aurait des regrets ? Je n'y crois pas une seconde. Quant à Rémi, il fait une tête de chien battu. L'appartement est sale et sent mauvais. Ah, ils étaient plus glorieux quand on grimpait des sommets, ces deux-là !

En attendant le médecin, je ramasse le linge sale et prépare à la hâte une petite valise. Le médecin arrive. Je sens qu'il est pressé et nous obtenons presqu'aussitôt une ordonnance d'hospitalisation. Max a quand même compris ce qui se passe et me dit :

— J'aimerais mieux rentrer à la maison.

Et je m'entends répondre sur un ton qui ne laisse aucune place à la discussion :

— C'est hors de question !

Plus tard, je vais ressasser ça et culpabiliser, mais, sur le coup, c'est une évidence. Je suis en colère alors que je devrais peut-être faire preuve de compassion, mais ça fait maintenant six mois que je tourne et retourne tout ça dans ma tête et, voilà, ça explose au mauvais moment.

Nous partons. J'ai exigé que Rémi vienne avec nous et il s'exécute.

Malgré les protestations de Rémi, je les dépose tous les deux à l'entrée de la clinique et je file chez Claudie. J'ai grand besoin de boire un remontant avec ma meilleure amie. Heureusement, elle est là. Tandis que je lui raconte tout, elle me prépare le Spritz dont j'ai besoin, sauf qu'à midi et à jeun ce n'est pas une idée géniale.

Quand je m'effondre en larmes, le Spritz sifflé à la va-vite, elle me prend dans ses bras. Et, là, comme une idiote à moitié saoule, je comprends tout de travers et me débats.

Claudie me regarde interloquée.

— Non mais … qu'est-ce que tu t'imagines ? Tu crois que je saute sur tout ce qui bouge ? Ça va pas, non ? Si c'était le cas, il y a longtemps que j'aurais… Oh, et puis zut !

Le moment est grave. Il faut que je me rattrape. Trop tard ! Claudie a ouvert sa porte.

— Sors de chez moi !

13. **L'amour et l'Italie étaient faits pour elle**

Depuis l'incident, Claudie ne m'adresse plus la parole et détourne le regard quand on se croise dans un couloir. J'ai tenté des approches, mais, lorsque je lui parle, elle s'éloigne. Je viens de perdre ma dernière amie.

Quant à Max, je n'arrive pas à lui rendre visite. Impossible de faire taire la colère en moi et tout aussi impossible de l'exprimer dans les conditions du moment. C'est Léa, venue passer quelques jours auprès de moi et voir son « papou », qui m'aide à franchir le pas. Léa, je ne sais de quelle planète elle sort, mais une chose est certaine : passer du temps avec elle fait toujours un bien fou. Léa explique et comprend tout et, que vous soyez ou pas d'accord avec elle, vous en sortez rasséréné et quelque part grandi : vous avez fait les bons choix ! Léa est un coup de vent, jamais à l'heure, toujours souriante, Léa déborde de projets, envahit votre vie pour le meilleur. Et, vous et ses nombreux copains le savez bien, Léa repartira, la vie l'appelle ! Léa est ma fille et j'en suis très fière. Je suis très fière aussi de son frère, qui est d'une intelligence bien supérieure à la moyenne, et est très gentil avec sa sœur et moi, alors qu'avec son père ça a toujours été difficile. Ça ne s'est pas arrangé depuis que Max s'est désenglué. Bastien n'a jamais rendu visite à son père à la clinique tout le temps que l'hospitalisation a duré. Jusqu'à l'arrivée de Léa, Max a donc dû se contenter des visites de Rémi.

Léa était venue pour quatre jours. Elle m'a entièrement consacré le premier et toutes ses soirées sauf la dernière qu'elle a passée avec son frère. Nous avons longuement discuté de son père. Parfois, c'était un peu étrange…

— C'est normal, tu sais.

— Quoi ?

— Qu'il ait eu besoin d'air. Tu te rends compte : marié à vingt-cinq ans et père à vingt-six ! C'est jeune quand même pour perdre son indépendance.

Elle était forte celle-là !

— Évidemment que je me rends compte, j'ai le même âge que lui à deux mois près et j'ai eu vingt-cinq ans aussi, figure-toi !

Ma fille n'allait tout de même pas me dire que c'était différent parce qu'il s'agissait d'un homme…

— Je sais, maman, c'est normal aussi que tu sois en colère.

— Alors, tout est normal.

— Oui. Et il n'est pas parti contre toi. D'ailleurs, il a quitté son boulot aussi. Il travaillait trop. Déjà quand je vivais là, il n'avait plus de loisirs et, depuis, il a pris des responsabilités supplémentaires. Il était comme dans une bulle et elle a explosé, c'est très classique tu sais. Et très masculin de ne pas savoir dire stop.

— Eh bien, tu en sais des choses, toi !

— Je me suis toujours beaucoup intéressée à la psychologie, tu te souviens ? Je voulais même faire mes études dans ce domaine. J'ai choisi l'histoire de l'art, mais je lis toujours beaucoup de psycho, ça m'intéresse.

— Tu ne penses pas que ton père en avait tout simplement assez de moi ?

— Non, maman, votre séparation n'est que la partie émergée de l'iceberg. Quand il ira mieux, il reviendra vers toi, c'est sûr.

En peu de temps, j'ai donc réussi à me voir comme un dégât collatéral. Je savais qu'avec le départ de Léa l'illusion disparaîtrait, mais, puisque j'en étais là, autant faire avec elle cette visite dont l'idée seule me coupait les jambes.

Quand nous sommes arrivées à la clinique, on nous a prévenues que Max était en « salle d'activités ». Mon cœur s'est serré : je l'ai imaginé en train de faire des gribouillis ou de malaxer de la pâte à modeler dans un groupe de débiles. En fait, il jouait à la belote avec deux hommes et une femme qui avaient l'air tout à fait normaux et, jolie de plus, en ce qui concernait la femme. Dès qu'il nous a vues, Max a eu un large sourire dont j'ai tout de suite pensé qu'il était destiné à Léa et à Léa uniquement. Était-ce le cas ? Je n'en sais rien, mais j'ai eu droit à ce même sourire à chacune de mes visites suivantes sans Léa, visites durant lesquelles nous avons soigneusement évité les sujets qui auraient pu fâcher. Il y avait de quoi faire sans : les enfants sont un sujet inépuisable de conversation pour leurs parents.

Léa est repartie, l'amour et l'Italie étaient faits pour elle.

14. **Je n'avais rien à perdre, sauf la face**

Les jours raccourcissaient. Depuis toujours je vivais mal ces périodes de fin d'année, mais, là, c'était particulièrement difficile. Et ce qui me pesait le plus n'était plus le désamour de Max, mais bien le dédain de Claudie.

J'avais évidemment dû renoncer à parler à cette dernière de ma lumineuse idée de cours particuliers d'anglais à Sahar. Alors, tous les lundis soir, après les cours, je retrouvais Sahar dans un café et nous tentions tant bien que mal de nous parler en anglais. Le café, plutôt qu'une salle de classe, pour ne pas qu'elle se sente gênée vis-à-vis des autres étudiants. L'endroit était sympa. Nous buvions, elle un thé, moi un apéritif, le seul de la semaine, dans un box, en essayant de mener une conversation la moins personnelle possible, car j'avais vite compris que c'était ce qu'elle souhaitait.

Ma première idée fut de commenter l'année française qui se terminait espérant l'amener ainsi à m'interroger. Depuis que je vivais seule, j'avais tendance à m'intoxiquer aux actualités et, de toute façon, il fallait bien commencer par un bout. Les événements ne manquaient pas, même si je passai sous silence les attentats au nom de Daech : Macron président, les élections législatives, Thomas Pesquet de retour sur la terre ferme, le cyclone Irma, etc., autant de faits dont, bien sûr, elle ignorait tout. J'ai vite senti que cela ne fonctionnait pas, ce monde étant sans doute trop éloigné d'elle. Comme l'idée était que ce soit plutôt elle qui parle, les sujets devinrent rapidement Benazir Bhutto, Malala Yousafzai et Lahore qui me faisait rêver. Au fur et à mesure de mes questions, il m'apparaissait d'ailleurs que, pour quelqu'un qui y était né, elle n'en savait en fait pas grand-chose. Sans doute y avait-elle vécu enfermée comme tant de femmes là-bas.

Avec le temps, nous revînmes à la France, comment étaient Paris et Marseille, est-ce que toutes les petites françaises allaient à l'école et, cette fête, dont toute la ville proclamait la prochaine célébration, c'était quoi exactement ?

Car, oui, Noël approchait. J'allais avoir des décisions à prendre. Avec qui ? Où ? Comment ? Je n'avais aucune envie de participer aux habituelles réjouissances familiales. Mes liens avec mon frère et ma sœur étaient plutôt distendus et, dès que ma mère et moi étions en présence l'une de l'autre, ça tournait au vinaigre. Pour le moment, je ne me voyais fêter Noël qu'avec Bastien et sa copine, Léa m'ayant prévenue qu'elle ne rentrerait pas. Mais… mais Max allait avoir quatre jours de permission. Que faire de Max ? Quand bien même il me souriait à chaque visite, je n'en voulais plus à la maison. Et c'est encore Léa qui m'a tirée d'affaire. Son papou allait passer Noël avec elle à Rome, s'il était d'accord. Et il l'était ! Notre Noël annécien était parti pour être intime. Et j'ai compris qu'il le serait encore plus quand Bastien m'a annoncé, un peu gêné, qu'il allait le fêter chez les parents d'Anne-Laure, sa copine. Classique ! Les filles fêtent Noël chez leur mère… sauf la mienne.

Une idée m'est rapidement venue pour ma soirée du 24 décembre, une idée qui risquait fort de tourner au fiasco. Qu'importe, j'allais prendre le risque puisque je n'avais plus rien à perdre, sauf la face, et au point où j'en étais, ce n'était pas bien grave. C'est ainsi qu'à vingt heures, une bouteille de champagne dans une main, un assortiment traiteur dans l'autre, je sonnais chez Claudie. Avant qu'elle prononce le mot que j'espérais, j'ai vu passer sur son visage une violente envie de me claquer la porte au nez, mais elle s'est radoucie et, finalement, elle l'a dit, le mot : « Entre ».

Zainab

15. **Vous comprenez, monsieur le policier, elle ne sait ni lire, ni écrire**

De Jhang à Lahore, 2014

J'avais dit à Kumail que j'allais à Karachi pour brouiller les pistes, car j'étais bien certaine qu'il allait raconter notre conversation à son père, mais, en fait, ma destination était Lahore. Pour cela, je devais d'abord prendre un bus jusqu'à la gare de Jhang Sadar. Bilal m'avait tout expliqué, m'avait acheté les billets de bus et de train et donné de l'argent pour le taxi que je devrais ensuite prendre en gare de Lahore pour atteindre mon adresse finale. Mon voyage allait durer cinq heures environ, le temps peut-être de me détendre un peu, car au début je n'en menais pas large. Entre la peur qu'on m'arrête - ce qui était en fait hautement improbable sauf si Kumail avait fait prévenir son père depuis l'école, mais je ne l'imaginais pas faire cela - l'impression d'être en train de commettre une trahison et la peine que je ressentais en me rappelant les larmes de Kumail, j'avais un lourd poids sur les épaules et des difficultés à me projeter dans l'avenir que m'avait dessiné Bilal.

La mère de Bilal, Inaya Sahota, était originaire d'une famille aisée, de religion musulmane, établie à Amritsar en Inde. En 1947, quand le Pendjab avait été coupé en deux, la famille, comme la plupart des familles musulmanes, avait dû, pour échapper aux violences entre hindous et sikhs d'une part, musulmans d'autre part, fuir dans le nouvel état du Pakistan et s'était réfugiée à Lahore, après avoir laissé en Inde une grande partie de ses biens. Heureusement pour la famille, le père d'Inaya avait le don des affaires et il avait rapidement reconstruit sa fortune en investissant l'argent qui lui restait dans l'industrie textile, ce qui devait se révéler un excellent placement.

Inaya avait une sœur jumelle, Salma. En entendant Bilal me raconter ça, j'ai essayé d'imaginer la réaction de mon père si ma mère avait donné naissance à des jumelles. Je n'étais pas certaine qu'elle y aurait survécu ! Mais, dans cette famille-là, la naissance de filles était fêtée au même titre que celle de garçons. En 1947, les deux fillettes avaient six ans et n'eurent pas le sentiment de changer de vie. Elles s'apprêtaient à entrer à l'école et y entrèrent sans problème. Elles savaient lire et écrire en ourdou et en anglais quand leur jeune frère, Bhaskar, naquit dix ans après elles. Les jumelles étaient monozygotes, donc en tout point semblables, et la relation entre elles était fusionnelle. Elles communiquaient par un langage qui leur était propre et ne se quittaient jamais. En grandissant, elles devinrent deux grandes et belles jeunes filles qui attirèrent très rapidement les regards masculins, sans que ceux-ci sachent précisément vers laquelle se diriger, ce qui les amusait beaucoup. Mais, en 1959, un drame se produisit : l'avant de la voiture conduite par leur père fut violemment heurté par un camion hors de contrôle. Le pare-brise vola en éclats. Inaya était à l'arrière et ne fut que légèrement blessée, mais Salma, qui était assise à côté de son père, fut partiellement défigurée et perdit un œil. Il ne fut plus jamais question de prétendants ni de mariage pour elle et elle se retira dans la maison familiale, refusant même de retourner au lycée. De son côté, Inaya, quoique très malheureuse du sort de sa sœur, poursuivit son chemin seule. Elle n'épousa aucun des hardis prétendants dont les familles venaient réclamer sa main - en plus d'être une belle jeune fille, c'était un excellent parti ! - mais un jeune homme de famille modeste, Yassir, avec lequel elle avait pris pendant deux ans le chemin du lycée sans qu'il ose lui adresser plus que deux ou trois mots. Il se décida pourtant à se déclarer au moment où ils allaient passer tous les deux leur dernier certificat d'études secondaires. Inaya n'attendait que cela, mais elle lui demanda quand même de patienter encore deux ans de plus. Il le fit en se formant à la gestion à l'université tandis qu'elle y perfectionnait son anglais et y apprenait le français. Puis, ils se marièrent. Comme les deux familles pratiquaient un islamisme modéré, elles n'étaient pas opposées à ce qui ressemblait fort à un mariage d'amour en lieu et place du traditionnel mariage arrangé et tout se passa bien. Avec l'aide des parents d'Inaya, le jeune couple put s'établir à Lahore - les deux sœurs ne pouvaient vivre loin l'une de l'autre - où Yassir trouva rapidement du travail. Inaya mit au monde un premier garçon, puis un deuxième, continua ainsi jusqu'au huitième, Bilal, et, brusquement, mourut à quarante-quatre ans d'une leucémie alors que Bilal était âgé d'un an seulement. Alors, Salma sortit de sa vie de recluse et prit le relais, plus par obligation que par vocation. En dehors des visites qu'elle rendait régulièrement à sa sœur, elle avait jusque-là vécu dans son monde, celui des livres, et y renoncer n'était pas évident. Sa vie changea du tout au tout : elle s'installa avec Yassir et ceux des garçons qui n'avaient pas encore quitté la maison. Il y en avait six, âgés d'un à seize ans.

— La vie ne lui a pas fait de cadeaux, avait-dit Bilal, et elle est un peu aigrie, mais elle a réussi à nous élever et maintenant je la considère comme une mère.

Quand son père mourut en 2001 d'un arrêt cardiaque, Salma proposa à Yassir qu'ils aillent tous habiter dans la grande et belle maison familiale, ce que Yassir accepta. Puis Yassir mourut à son tour quelques années avant la mère, presque centenaire, de Salma.

— Finalement, avait conclu Bilal, les deux jumelles ont réussi à unir leurs destins croisés : l'une nous a mis au monde et l'autre nous a élevés.

Salma vivait maintenant seule dans la grande maison de Lahore avec sa vieille domestique Fatima. Elle avait soixante-treize ans et se portait bien à ceci près qu'elle était en train de perdre son seul œil valide d'un glaucome. Elle ne se plaignait pas et n'avait demandé d'aide à personne, mais Bilal était certain que cette perte était pour elle un drame tant elle aimait lire. C'était elle qui avait donné le goût des livres à Bilal. Tout petit déjà, il manipulait ceux de son âge avec plaisir, pouvant rester des heures assis par terre en leur compagnie à regarder les images. Il avait appris à lire avant d'entrer à l'école, tellement il était pressé de pouvoir se débrouiller seul avec les textes.

— Du coup, m'avait-il dit en riant, je suis un des moins diplômés de la fratrie, si on exclut mon frère aîné Ali, que Salma n'a pas élevé, et mon frère Hamid qui était le rebelle de la famille et qui a trouvé sa vocation dans la restauration : j'étais de nouveau pressé, mais, là, d'ouvrir ma librairie, alors les études…

— Quand même, tu parles très bien l'anglais et le français, avais-je dit.

— Oui, oh ça, ça s'est fait un peu tout seul. Ma vraie mère parlait ces langues, les aînés les ont apprises et nous, les petits, on a suivi. Salma parle très bien l'anglais aussi, en plus de l'ourdou bien sûr, mais pas le français.

— Et pourquoi le français, au fait ?

— C'est une vieille histoire. Ma mère avait une amie qui parlait couramment français parce que sa propre mère était française. Elle a commencé à l'apprendre avec elle, ça lui a plu, alors elle a poursuivi à l'université et encore après toute seule et, comme elle était douée pour les langues…

— Comme toi, quoi.

— Moi comme elle, tu veux dire… et, comme je te l'ai dit, je n'ai fait que suivre le courant. Maintenant j'en suis heureux, bien que le français ça ne serve pas à grand-chose ici ! Sauf, bien sûr, si on s'intéresse à la littérature et à la poésie. Parce que, dans ce cas, il y a de quoi faire !

— Quand je pense que, moi, ces deux mots « littérature » et « poésie », il y a trois ans je ne les connaissais même pas.

— Peut-être, mais à la vitesse où tu vas, bientôt ils vont courir derrière toi !

On a éclaté de rire. Durant quelques instants, j'avais réussi à oublier la disparition de Katherine…

La proposition de Bilal était donc que je serve de lectrice à Salma qui était d'accord. Elle avait déjà songé à employer une femme pour lui faire la lecture, avait reçu plusieurs candidates, mais aucune ne l'avait convaincue. J'arrivais donc à point nommé, et en plus recommandée par Bilal, pour elle c'était parfait. Pour moi, subsistait l'inquiétude de ne pas convenir non plus. Pour le moment, peu importait : je n'avais pas le choix. De plus, d'après ce que j'avais compris, j'allais au moins être nourrie et logée dans une belle maison et surtout, surtout, pouvoir aller au collège ! Bilal m'avait conseillé de m'installer tranquillement, il comptait m'accompagner dans mes démarches d'inscription, mais au moins une semaine après ma fuite de Jhang - on allait de toute façon être en retard pour la rentrée - car il voulait être dans sa librairie au moment de mon départ. Si, comme Bilal le craignait, Nawaz Jaffri se mettait à remuer ciel et terre pour me retrouver, il penserait forcément que j'avais pu trouver de l'aide auprès du libraire, car il était ma seule connaissance extérieure à la famille. Pas question donc que Bilal prenne le train avec moi, ce qui m'aurait pourtant bien rassurée : Lahore était une très grande ville et je ne savais pas trop comment j'allais me débrouiller à l'arrivée, car héler un taxi, pour moi, c'était une épreuve !

Il était donc prévu que Bilal m'accompagnerait au collège pour mon inscription. Très bien, mais sous quel nom allais-je m'inscrire ? N'était-ce pas risqué de m'inscrire sous le mien ? Et si je m'inscrivais sous le sien, ce que nous avions initialement prévu, comment ensuite mettre mes diplômes à un nom qui me corresponde ? En fait, il y avait plus grave que ça : je n'avais aucun document d'identité. D'ailleurs, qui les avait ces documents ? Mon père ? Nawaz Jaffri ? Existaient-ils seulement ? De toute façon, il était trop tard pour les récupérer. En y réfléchissant, j'en étais venue à me dire que j'aurais très bien pu les perdre dans les inondations. Tout à fait plausible. Mais surtout pas à Jhang. D'ailleurs, Lahore aussi avait été inondée. La solution était là. Dès que Bilal arriverait, on irait ensemble faire une déclaration de perte. Et, pour cela, je m'étais fabriquée une autre identité. J'avais fait mentalement la liste des prénoms qui me tentaient : Naila, Hina, Madhia, Neha,… Et mon choix s'était finalement arrêté sur Sahar. J'avais dû aussi me trouver un autre nom, m'inventer un père et une mère. Ils pouvaient faire partie des morts anonymes, car il y en avait, c'était certain. Il allait aussi falloir que je donne deux adresses, une pour eux et une pour moi, ce qui était plus difficile. Des vérifications étaient possibles. Quoique dans le bazar actuel, c'était peu probable. Après coup peut-être ? La police ferait-elle du zèle à ce point-là ? Non. Malgré tout, autant ne prendre aucun risque. Pour mes parents, j'avais décidé que la ville de Muzaffargarh située en dessous de Jhang et où j'avais vu dans le journal qu'il y avait eu beaucoup de morts conviendrait. Pour la rue, eh bien, je dirai qu'ils venaient de déménager et que je n'avais pas leur nouvelle adresse. Et, pour moi, si Salma était d'accord, je donnerais l'adresse de sa maison. On pouvait facilement dire que j'étais arrivée avant les inondations. Bilal se présenterait comme mon employeur, assez gentil pour aider la pauvre fille que j'étais dans ces moments difficiles.

— Vous comprenez, monsieur le policier, elle ne sait ni lire ni écrire !

Et cela me fit sourire.

Le train entrait en gare de Lahore. Une foule dense se pressait sur le quai et j'en vis brusquement émerger une pancarte sur laquelle était écrit « Sahar, amie de Bilal ». Nul doute possible, cette Sahar, c'était moi.

16. **Salma, c'est un morceau, tu sais !**

Lahore, 2014

Sous la pancarte, se tient une femme d'une quarantaine d'années. Petite et plutôt ronde, elle porte un salwar kameez rose vif sur un pantalon blanc.

Je m'approche.

— Je crois que c'est moi que vous attendez.

— Tu es Sahar ? L'amie de Bilal ?

— Oui, c'est bien moi.

— Oh, je t'imaginais plus vieille... Enchantée. Je suis la belle-sœur de Bilal, enfin une des belles-sœurs de Bilal, Benazir, l'épouse de son frère Hamid.

— Comme Benazir Bhutto ?

Elle rit.

— Et oui !

— Je ne pensais pas qu'on viendrait me chercher. Je devais prendre un taxi.

— Eh bien, le taxi c'est moi aujourd'hui, dit-elle en riant, Bilal s'est dit que pour toi ce serait plus confortable et surtout moins risqué. Il n'a pas tort, les taxis ici… surtout quand on ne connait pas la ville, il vaut mieux s'en méfier. Alors, il m'a appelée et comme j'étais libre…

— Merci ! C'est très gentil et c'est vrai que ça me soulage. Je n'ai jamais pris de taxi de ma vie.

— Bien, alors on se dépêche parce que sinon je vais être en retard pour l'école.

On se dirige vers sa voiture, une jolie petite voiture blanche avec un toit ouvrant.

— Alors, comme ça, tu vas faire la lecture à Salma…

— Oui.

— C'est une drôlement bonne idée, je trouve, si ce n'est que tu me sembles bien jeune… Salma, c'est un morceau, tu sais ! Ne te laisse pas croquer !

Cette dernière réflexion ne me rassure pas, mais je ne commente pas. On part. Benazir roule vite dans la circulation très dense.

— J'évite la vieille ville, tu auras bien le temps d'en faire le tour plus tard. On va vers les beaux quartiers. Tu vas voir, la maison est très agréable. Malheureusement, avec les récentes inondations, la ville a beaucoup souffert. Il faudra attendre un peu avant de la visiter.

— À Jhang aussi, on a été inondés.

— Oui, je l'ai appris et ils ont fait sauter le barrage, ce qui a eu de lourdes conséquences. Tout le monde n'est pas d'accord avec ça.

— Je pense que mon village a disparu.

Voilà que je dis tout haut ce que je ne m'étais pas encore vraiment avoué. Comment mon village, niché à l'intérieur d'un coude de la Chenab, aurait-il pu résister ?

— C'est terrible... Tu as eu des nouvelles de ta famille ?

— Ça ne risque pas !

— Tu dois être folle d'inquiétude !

— Oui !

Elle se tait un moment, puis reprend.

— La plupart des gens ont été sauvés, tu sais. Quand les autorités ont ouvert le barrage, elles savaient ce que ça allait déclencher. Les secours sont donc intervenus très vite. Et, même, certains villages ont été évacués avant que l'eau arrive. Il s'appelle comment ton village ?

Et, d'un coup, je réalise que je dois commencer à faire vivre mon histoire d'identité. Il faut vite que je me rattrape.

— Muzaffargarh.

— Ah oui, je vois très bien... Ce n'est pas un village, c'est une ville... Oui, c'est sûr que cette région...

Je décide de changer de conversation.

— Vous avez combien d'enfants ?

— Trois, deux garçons et une fille, et ça me suffit bien !

— Ils vont tous à l'école ?

— Non, pas la dernière, elle n'a que deux ans.

C'est ma mère qui la garde quand je travaille.

— Vous travaillez dans quoi ?

— Mon mari et moi tenons un restaurant. Tu viendras sûrement y manger…

— Oh c'est bien, ça, comme travail. J'adore faire la cuisine. Si vous avez besoin de quelqu'un le week-end, je peux venir donner un coup de main. Il faut que je gagne un peu d'argent. Et garder les enfants, aussi, j'ai l'habitude, je fais ça depuis que je suis née ou presque.

Qu'est-ce que je suis en train de raconter : je ne veux plus jamais garder d'enfants !

— Écoute, pourquoi pas ? Je vais y réfléchir.

Nous traversons des quartiers qui gardent effectivement de lourdes traces de l'inondation. Benazir me désigne un parc.

— Regarde, ça, c'est le parc de Jinnah. En temps normal, il est très fréquenté. Mais, là…

On longe ensuite un golf détrempé, puis Benazir quitte la route que nous suivions et s'engage à gauche entre de belles maisons.

— Voilà, on arrive, dit-elle ensuite, en tournant dans une large allée qui traverse un parc et, au bout de l'allée, je vois la maison : une grande maison rose à colonnades avec des balcons ouvragés. La maison de poupée de Katherine !

— On y est ! Pas mal, non ?

Elle se gare devant des escaliers qui mènent à un large perron et se tourne vers moi.

— Écoute, je serais ravie que nous fassions plus

ample connaissance, mais, aujourd'hui, c'est impossible : je ne vais pas rester, car l'heure tourne et il faut vraiment que j'aille à l'école. Tu viendras manger au restaurant avec Bilal.

— D'accord. Merci encore !

Nous sortons de la voiture et je la suis tandis qu'elle grimpe les escaliers quatre à quatre. Elle sonne à la porte, puis entre sans attendre qu'on lui ouvre.

— Salma, crie-t-elle, Sahar est là. Je me sauve sinon je vais être en retard à l'école.

Et elle fait demi-tour. J'entends la voiture démarrer en même temps qu'une porte s'ouvre au milieu du couloir sur ma droite et que Salma s'avance.

Salma ! Ma première idée quand je la vois : sortir de cette maison en courant, fuir. Et pas à cause du bandeau sur son œil gauche, ni des cicatrices barrant sa joue juste en dessous, non, à cause de la dureté de son visage et de son imposante stature qui d'un seul coup a envahi le couloir. L'impression est de faire face à un monument inamical.

— Alors, voilà donc ma lectrice ?

Et pas un sourire pour accompagner ces premiers mots, mais plutôt un genre de grimace de dégoût. Je me sens complètement idiote, moi, petite chose mal fagotée, un sac en tissu dans chaque main. Pauvre fille…

— Je te croyais quand même un peu plus âgée. Tu as seize ans, c'est ça ?

— Euh non, quinze.

— Ah, voilà, il m'a raconté des histoires…

131

Je trouvais déjà que seize… Bon, enfin, passons. J'imagine qu'il t'a prévenue que j'étais difficile à regarder.

Je bafouille :

— Oui… mais non, je ne trouve pas.

— Tu es bien gentille, mais on dirait quand même que tu as vu un monstre. Il est derrière moi peut-être, ajoute-t-elle en riant.

— Je suis impressionnée, c'est tout.

— C'est bien ce que je disais. Allez, suis-moi, je vais te montrer ta chambre.

Je la suis dans le couloir dont les murs vert foncé accentuent le côté sombre. Elle se tient très droite, marche avec élégance et me fait forte impression de dos aussi dans son magnifique sari d'un beau vert mordoré. Nous passons une pièce que Salma me désigne comme étant le « petit salon », puis un monumental escalier après lequel, dans un renfoncement sur la gauche, se trouvent trois portes. Salma se dirige vers celle du centre, l'ouvre et nous entrons dans une petite chambre simple et propre, sobrement meublée d'un lit, d'une armoire, d'une table et d'une chaise.

— C'est parfait, dis-je, en posant mes deux sacs par terre.

— Tu veux te reposer ou te rafraichir un peu ? La salle d'eau est à droite, juste à côté.

— Non, non, ça va.

— Alors, suis-moi. Je vais te présenter Fatima.

Elle me désigne la porte à gauche de celle de ma

chambre.

— Là, c'est chez elle, mais elle est sûrement dans la cuisine.

Cette précision confirme ce que je viens de comprendre : ma chambre est celle d'une domestique, ce qui ne me gêne absolument pas, mais contredit un peu les propos de Bilal qui m'avait déjà imaginée dans le rôle de « la fille de la maison ».

— On va aller la voir, il faut que vous fassiez connaissance, poursuit Salma.

Nous reprenons le couloir jusqu'à une pièce située près de l'entrée : la cuisine. Fatima est occupée à laver des légumes au-dessus d'un large évier.

— Fatima, je te présente Sahar qui, comme je te l'ai dit, va habiter avec nous.

Fatima me décoche un sourire édenté auquel je réponds.

— Est-ce que tu pourrais-nous apporter du thé dans le petit salon et aussi deux ou trois trucs à manger ?

Fatima hoche vigoureusement la tête et nous repartons vers le petit salon.

— Tu pourras visiter le jardin quand il se sera remis de l'inondation. On a eu de la chance : l'eau s'est arrêtée au ras du perron. Pas comme tous ces gens qui ont tout perdu. Allez, assieds-toi et parlons si tu veux bien. Bilal m'a un peu raconté ce qu'il sait de toi. Si tu as envie d'en parler…

Un chat gris aux longs poils saute sur ses genoux.

— Ah, je te présente Sinbad, un des deux chats de

la maison. L'autre, c'est Dana, une petite chatte toute blanche. Si tu ne fermes pas la porte de ta chambre complètement cette nuit, tu risques d'avoir sa visite. Tu n'as rien contre les chats ?

— Non. À vrai dire, je n'en ai jamais vraiment approché. Dans notre village, tout le monde les chassait à coups de pierres parce qu'ils venaient voler de la nourriture dans les maisons. Du coup, ils devenaient agressifs.

— Ceux-là sont très gentils. Tu ne risques rien. Sauf de te retrouver couverte de poils.

Comme s'il avait compris, Sinbad quitte d'un bond les genoux de Salma pour venir se poser sur les miens. Je tressaille.

— N'aie pas peur !

— Non, ça va !

Et je me mets à caresser le chat qui fait presque aussitôt entendre un ronronnement sonore. C'est plutôt agréable. Après un petit moment de silence, Salma reprend.

— Alors, tu aimes lire, il parait ?

— Oh oui, j'adore ça !

— Et qu'est-ce que tu lis ?

— Surtout des livres pour apprendre.

— Apprendre ? Apprendre quoi ?

— Tout. La géographie, l'histoire, les maths…

— Ah, je vois, dit Salma, l'air songeur. Pas de littérature, donc.

— Si, un peu, quand même, mais ça fait seulement

trois ans que je sais lire alors…

Mince ! Quelle idiote !

J'ai tout de suite envie de me mordre la langue pour cette réplique malheureuse, mais la réponse a déjà fusé.

— Trois ans ! Il m'a vraiment menti sur tout, Bilal !

Fatima entre avec un plateau sur lequel, outre une théière et deux tasses, se trouvent des gâteaux de semoule et des tranches de mangue. Salma remercie Fatima, sert le thé et me tend l'assiette de gâteaux. Ça tombe bien, je meurs de faim ! J'en prends donc un et, au moment où je commence à mordre dedans, Sinbad saute de dessus mes genoux et j'entends un grand bruissement puis une voix grincer derrière moi. « Bonjour, Salma, tu as l'air très en forme aujourd'hui » tandis qu'une main crochue m'attrape l'épaule.

— Ario, gronde Salma, laisse-la tranquille !

Et, en tournant la tête, je me retrouve nez à bec avec un perroquet. Je pousse un cri.

— N'aie pas peur, dit Salma, il est farceur, mais pas méchant. Je ne sais pas pourquoi il n'est pas dans sa cage. Attends, je vais le ranger. Et elle empoigne le perroquet sans aucun ménagement, sort de la pièce pour revenir quelques instants plus tard.

— Une vraie ménagerie ici, non ? Ario, c'est un cadeau des garçons et c'est eux qui lui ont appris cette phrase un peu idiote qu'il répète à longueur de temps. Je t'avoue que je m'en serais bien passée. Dès qu'il sort de sa cage, il fait des bêtises et, quand il y est trop longtemps, il tape tellement contre les barreaux que c'est insupportable. Il loge dans une serre près de la cuisine. Fatima a dû en avoir assez et le lâcher. Ne t'inquiète pas pour la nuit en tout cas, il dort dans sa cage et il dort tellement profondément que parfois il tombe de son perchoir !

On rit, mange quelques gâteaux et elle reprend la parole.

— Donc, tu disais que tu avais appris à lire il y a trois ans seulement ?

— Oui.

— Bilal m'a vraiment raconté n'importe quoi.

— Je suis désolée.

— Tu n'y es pour rien, mais c'est vrai que je suis un peu surprise.

Et déçue…

— Tu lis l'anglais au moins ?

Aïe !

— Très mal. Pour commencer j'aimerais mieux lire en ourdou. Après, je vais aller au collège, je vais faire des progrès. J'apprends vite.

— Eh bien ! Je ne sais pas comment tu l'as ensorcelé, mais je peux te dire que Bilal m'a fait avaler pas mal de couleuvres pour que j'accepte que tu viennes.

Je ne sais plus quoi dire.

— Bon, enfin, maintenant tu es là. Viens je vais te montrer la bibliothèque.

Une bibliothèque dans la maison ! Incroyable…

Nous reprenons le couloir jusqu'au bout de la maison opposé à l'entrée. En passant nous longeons une pièce que Salma me désigne comme la salle à manger. Elle pointe du doigt l'immense table ronde qui en occupe le centre :

— Ça, c'est le minimum pour déjeuner en famille ! Et, quand tout le monde est là, il faut une table en plus pour les enfants. Puis, comme pour elle, elle ajoute :

— C'est devenu rare que tout le monde soit là.

La bibliothèque est à gauche juste avant le bout du couloir qui s'ouvre sur le jardin. Deux fauteuils en bois sombre, recouverts de velours vert, un canapé beige, un bureau sculpté de style indien sur lequel est posé ce que je sais depuis peu être un ordinateur et des rayonnages contenant des centaines de livres soigneusement rangés. Salma fait le tour.

— Alors, là, les livres en ourdou. Tu vois, ceux-là ce sont ceux que Bilal m'a donnés et que je n'ai pas encore lus. Je vais en choisir un pour commencer avec toi. Normalement, je lis plutôt en anglais, il y a plus de choix et je préfère cette langue. Ils sont là, les livres en anglais et, là, ce sont ceux en français qui appartenaient à ma sœur. Moi, je ne lis pas le français.

Je me risque, le cœur battant, à une proposition.

— J'ai apporté deux livres en ourdou que j'ai lus. On pourrait commencer par ceux-là. Comme je les connais, je lirai mieux.

— Ah parce que tu as aussi des problèmes pour lire l'ourdou ?

Oui ! J'ai des problèmes pour tout ! Ma vie est un problème !

— Non, non, pas du tout, mais je manque de vocabulaire, alors il m'arrive de ne pas comprendre ce que je lis et, pour bien lire,…

— Eh bien ! soupire-t-elle, ça va être compliqué nous deux, je pense… Ils parlent de quoi tes livres ?

— Ce sont des biographies.

— De qui ?

— Une de Benazir Bhutto

Elle éclate de rire.

— Ah, non, pitié ! Pas Benazir Bhutto ! Je la connais par cœur, sa vie…

Évidemment ! Que je suis stupide !

— Et l'autre de Marie Curie.

— Marie Curie… la scientifique française ?

— Oui. La physicienne.

— Ah… Pourquoi pas ? Tu commenceras demain. On verra si ça marche.

Bon, j'ai la nuit pour le lire…

Elle se tait un instant puis reprend.

— Pour ce soir, c'est tout. Je dîne seule devant la télévision.

La télévision ! J'adorerais la regarder, moi aussi. Au moins une fois.

— Tu dîneras avec Fatima et après tu pourras disposer. Donne-lui un coup de main à Fatima.

Elle est fatiguée en ce moment.

— Bien sûr !

— Ah, et demande-lui du linge de lit et de toilette aussi. Allez, bonsoir.

— Bonsoir et merci de m'avoir accueillie.

Elle grimace.

— En théorie, je dois m'y retrouver…

Et je pars rejoindre mon monde, tout cela est bien trop pour moi, la cuisine est le bon endroit pour revenir sur terre. Fatima a un peu de mal à admettre que je tienne tant à l'aider, mais, quand elle me voit à l'œuvre, je crois qu'elle comprend que je ne suis pas très différente d'elle, au contraire de Salma. Je commence par prendre en main la confection des chapatis et, rapidement, le repas est prêt sans que nous ayons échangé beaucoup de mots. Fatima, peut-être parce qu'elle est presque constamment seule, n'est pas bavarde, et s'exprime plutôt par des mimiques et des onomatopées. En revanche, Ario, dans sa cage, ne se prive pas de répéter son incantation tout en cognant fort contre les barreaux et Fatima fait de temps en temps mine de se boucher les oreilles tout en me souriant de son sourire édenté. Je sens qu'avec elle au moins, je vais bien m'entendre.

Fatima sert le diner de Salma. Je l'aurais bien fait, mais je ne veux pas trop m'immiscer pour le moment, puis nous dinons en tête à tête, elle et moi.

Je me couche, triste et déroutée par la tournure que les choses ont prise. Bilal m'a préparée à tout autre chose et, surtout, il a fait de moi un portrait trompeur à Salma. Or, ainsi que l'a laissé entendre Benazir, Salma n'est pas facile et pas du genre à faire des concessions. Heureusement qu'il y a la perspective du collège ! Bien qu'épuisée, je n'arrive pas à dormir et tourne et retourne dans mon lit, essayant de faire taire mes pensées qui reviennent sans cesse à l'assaut et elles ne sont pas gaies. Mariam, ma si belle et douce Mariam, livrée aux mains épaisses de Samir Rajik, Usman, petit être lumineux, qui doit m'avoir oubliée et qu'on va transformer en petit soldat du djihad dans une madrasa. Ou bien dérivent-ils tous deux dans les eaux maintenant brunes de la Chenab? Katherine, ses yeux clairs et son sourire désarmant auquel manquaient deux dents, était-elle morte par ma faute ? Je voudrais me convaincre que non. Après tout, il y avait trois adultes dans cette pièce quand elle s'était précipitée dans l'escalier. Malgré tout, le poids est bien là, il aurait suffi d'un rien pour que ça n'arrive pas… Que de remords ! Et Kumail ? Lui, je l'avais carrément abandonné. J'avais cru que ça lui serait presqu' indifférent, mais comme il avait eu du mal à refouler ses larmes ! C'était la première fois, si j'exceptais son infinie tristesse après la mort de sa sœur, que je le voyais exprimer une émotion. Kumail, le silencieux, le discret, celui qui passait, pour son père et moi, après Katherine et qui semblait s'en accommoder. Nawaz Jaffri avait perdu son enfant préféré. Allait-il reporter ce trop-plein d'affection sur Kumail ? Rien n'était moins sûr… Et Kumail saurait-il combler l'immense vide laissé par Katherine ?

N'ayant jamais dormi derrière une porte fermée, j'ai laissé celle de ma chambre entrouverte et un petit crissement de griffes sur le plancher me prévient de l'arrivée de Dana. Elle saute sur mon ventre, puis se love contre mon flanc en ronronnant. Je me sens un peu moins seule et un peu moins triste et m'endors en me demandant pourquoi Bilal habite Jhang et ce que je fais, moi, à Lahore, ce qui est idiot, car je suis sur le point d'y renaître.

17. Celui qui n'a pas vu Lahore n'est pas encore né

Lahore, 2014

Lahore... Rares sont les êtres humains qui n'ont aucun point d'attache, aucun endroit dont l'évocation peut leur réchauffer le cœur dans les moments douloureux, mais j'avais bien failli être de ceux-là. Un célèbre proverbe pendjabi dit : « celui qui n'a pas vu Lahore n'est pas encore né », et, même si c'est à Muzaffargarh que j'ai affirmé être née, quand je suis allée déclarer la perte de mes papiers avec Bilal, c'est bien à Lahore que je suis née une seconde fois en septembre 2014, même si à l'époque je n'en étais pas consciente. Aujourd'hui, quand on me demande d'où je viens, je réponds avec fierté « de Lahore » et ce n'est pas un mensonge.

Bilal m'a rejointe à Lahore quinze jours après mon arrivée. Nawaz Jaffri était effectivement passé plusieurs fois chez lui et avait demandé à voir son arrière-boutique, mais Bilal m'assurait avoir bien joué l'étonné et puis, de toute façon, qu'est-ce que je risquais maintenant ? On n'allait pas me retrouver dans cette jungle qu'était Lahore, non ? Et en plus j'allais changer d'identité.

— D'accord, mais je loge chez ta mère adoptive quand même !

— Nous ne portons pas le même nom et tu crois vraiment que Jaffri ou ton père ont les moyens de faire ce genre de recherches ?

Non, je ne le croyais pas, mais je tenais quand même à changer d'identité. Dans tous les cas, d'ailleurs, j'avais besoin de papiers.

Nous nous sommes donc rendus au poste de police le plus proche. Ça grouillait de monde. Il fallait s'inscrire et attendre. Attendre et attendre dans une pièce étouffante de chaleur où certains mangeaient et fumaient. Au bout de deux heures, nous pûmes enfin entrer dans un bureau où un gros fonctionnaire aux cheveux en bataille nous attendait derrière son ordinateur. Bilal était très à l'aise, moi pas du tout. Heureusement, c'est lui qui prit immédiatement la parole.

— Cette jeune-fille travaille pour ma mère Salma Sahota. Elle a été prise dans une bousculade pendant les inondations et a perdu un sac dans lequel se trouvaient ses papiers.

— Hum, hum, je vois… Attendez deux minutes.

Il se lève et sort Je n'en mène pas large. Il revient un quart d'heure après avec une bouteille d'eau et des cacahuètes.

— Alors vous voulez des nouveaux papiers, c'est ça ? dit-il en piochant dans son paquet de cacahuètes.

— C'est ça.

— Bon, bon, elle a une autre preuve de son identité, la fille ?

— Eh bien, non, justement. C'est pour ça que je suis là. Pour attester de sa bonne foi. Moi, je peux vous présenter mes papiers si vous voulez.

— Hum, hum, je vois…

À ce moment, un de ses collègues entre et ils se lancent tous deux dans une discussion à toute vitesse à laquelle je ne comprends rien. Ça se termine par un grand éclat de rire et le policier ressort à nouveau. Bilal soupire. Encore dix minutes d'attente et notre policier revient. Il s'installe à son ordinateur.

— Alors, nom, prénom, circonstances de la perte.

Je m'exécute. Bien sûr, nous avons tout prévu : la date, l'heure, le lieu exact, le motif du déplacement. Le policier accepte sans mot dire la sauce qu'on lui sert. Il est trop occupé à batailler avec son ordinateur. Il repart du début à trois reprises, mais, enfin, nous parvenons au but quand tout à coup il nous annonce :

— Ah, pas de chance, ordinateur bloqué. Je n'ai pas pu enregistrer.

Bilal et moi nous regardons, désolés.

— Attendez, c'est pas grave. Vous allez remplir un formulaire et je l'enregistrerai plus tard.

Quand ce fut fini, il m'a tendu mon sésame, un document temporaire, le définitif devant m'arriver par la poste chez Salma. Et Sahar Khan est sortie de cette nasse sans un regret pour Zainab Bakhash qu'elle venait de tuer. Un jour, j'avais été heureuse de voir mon nom écrit et de savoir l'écrire à mon tour, mais j'étais encore plus heureuse de le laisser derrière moi. Un poids m'a quittée : je n'étais plus liée à mes parents, ni à leur maudit village, je n'étais plus sous l'emprise d'un homme qu'il soit père, frère ou que sais-je encore. J'avais conquis ma liberté, elle était certes fragile, mais je me sentais la force de la défendre. Khan... J'aimais ce nom droit et net, une lame.

Avant que nous allions au collège, Bilal me propose de déjeuner dans le restaurant tenu par Hamid et Benazir, une première occasion pour moi de découvrir la vieille ville et, surtout, d'aller au restaurant ! En entrant dans la vieille ville, le tournis me prend. Étourdie par les odeurs, les couleurs et le bruit, je pourrais presque oublier Bilal si je n'avais pas tant peur de me perdre. J'ai envie de m'arrêter partout. Les étroites rues animées me semblent receler des trésors. À mesure que nous nous enfonçons dans le cœur de la ville, les bâtiments changent, se colorent, se parent de petits balcons sculptés. Bilal, devant, presse le pas.

— Allez, avance, on reviendra !

Il doit être affamé et je sais qu'en plus il est contrarié pour une raison que j'ai très bien comprise. Je presse donc le pas et nous débouchons dans la rue Gawalmandi, une longue rue pavée encadrée par des bâtiments à deux ou trois étages. Le restaurant de Benazir et Hamid déborde largement sur la rue. Benazir est à l'entrée, elle nous salue chaleureusement.

— Bilal, Sahar, contente de vous voir. Tu as bien fait de réserver, Bilal, tu vois, c'est plein. Sahar, comment vas-tu ? Ça se passe bien chez Salma ?

Je jette un coup d'œil à Bilal.

— À moitié, dit celui-ci.

— Ah, je vois. Elle n'est pas facile, Salma. Allez, installez-vous, la dernière table libre dehors est pour vous, vous serez mieux, je pense, qu'à l'intérieur. Hamid passera sûrement vous dire bonjour, mais, là, ça chauffe en cuisine.

Elle nous tend deux cartes et nous allons nous asseoir. L'expérience est complètement inédite pour moi et je lis la carte sans trop savoir ce que je dois faire. Bilal me fait une suggestion bienvenue :

— Pour cette fois, je commande deux plats à partager, je t'assure que tu ne vas pas le regretter.

— Oui, oui, ça me va très bien.

Quand Benazir revient, il commande un niari de bœuf, un biryani au poulet et deux lassis salés à la menthe. Puis il pianote sur la table tandis que je me demande ce qu'il attend pour parler.

— Je ne comprends pas ce qui se passe avec Salma.

— C'est très simple : elle attendait une jeune fille, peut-être de bonne famille, en tout cas bien habillée, et elle a vu arriver une gamine dans de pauvres vêtements avec deux sacs en tissu en guise de valises.

— Je lui ai raconté ton histoire, enfin en partie, espérant que ça l'attendrirait un peu.

— Et tu as triché sur mon âge et comme je l'avais déjà fait avant toi…

— Quoi ?

— Oui, j'ai quatorze ans, pas quinze. Sauf que Sahar Khan, elle, a bien fêté ses quinze ans. Tant que j'y étais, je n'allais pas me priver de ça !

— Eh bien, ce n'est pas malin parce que, tu vois, ça ne passe pas.

— Si, ça passe ! Toi, tu as ajouté encore un an à mon mensonge. Du coup, Salma s'attendait à une fille de seize ans. Alors là, je suis d'accord, ça fait beaucoup. De toute façon, il y a un autre problème.

— Lequel ?

— Elle s'attendait aussi à ce que je lise bien l'anglais. En fait, tu lui as vendu une autre fille.

— J'ai fait ce que je pouvais pour qu'elle accepte.

— Je sais bien… La seule chose que je devrais te dire, c'est « merci ».

Il n'a pas répondu et nous avons attaqué le repas qui fumait devant nous. Un régal !

— Bon alors, qu'est-ce que tu proposes ?

— Qu'on aille m'inscrire…

— Je ne te parle pas de ça, mais de ta relation avec Salma !

— Écoute, pour le moment, elle me supporte. J'aide Fatima, je lis en ourdou, c'est toujours mieux que rien. Tant que ça tient comme ça, ce n'est pas gai, mais ça me convient.

Hamid vient nous saluer. C'est un homme aimable à qui sa cuisine a dû bien profiter. Bilal et lui ne se ressemblent pas du tout. Je remarque qu'il boite fort, Bilal me dira ensuite qu'il a attrapé la polio à huit ans et bien failli y rester. Hamid nous offre gentiment le repas et, au moment où nous allons nous en aller, Benazir revient vers moi.

— Si tu veux, Sahar, repasse demain. J'ai plein de vêtements en bon état que je ne mets plus parce que j'ai grossi, je peux te les donner. Tu es un peu plus petite que moi, mais avec un peu de couture ça devrait passer.

J'ai l'air d'une pauvre fille, merci, je sais…

— D'accord et merci. Ça va bien me dépanner !

Et Bilal et moi partons en direction du lycée. En chemin je l'interroge.

— J'ai l'air d'une pauvre fille ?

Il rit.

— Tu es la pauvre fille la plus déterminée que je connaisse.

Nous avions carrément opté pour l'École LAS, pour « Lahore American School », qui avait l'avantage d'être un des seuls, voire le seul établissement mixte. Je dis « carrément », car en plus d'être mixte, l'établissement est très réputé et donc assez cher. Je ne tenais pas spécialement à me confronter à mes petits camarades du sexe masculin, mais il était évident que les études étaient de meilleur niveau dans les établissements mixtes. D'autre part, la LAS se fichait pas mal de religion même si un cours coranique était dispensé à ceux qui le voulaient et personne ne s'y inquiéterait de mon statut social. Quant au coût, eh bien ma bonne fée Bilal s'en chargeait contre mes remerciements empressés et ma promesse d'un jour le rembourser…

L'école doit son nom au fait que les programmes sont basés sur les programmes américains et que les cours se font en langue anglaise, les enseignants étant de nationalités très diverses. On y entre sur dossier et sur tests.

Nous fûmes reçus par la directrice des études, une pakistanaise grisonnante aux traits sévères, qui commença par nous dire que, la rentrée datant d'un mois, il était, bien sûr, beaucoup trop tard pour m'inscrire. Bilal insista, racontant une histoire édifiante dont j'étais l'héroïne, mais pas la vraie, pour ne pas prendre de risques. Il réussit quand même à placer que j'avais appris à lire seule, puis, seule aussi, l'anglais et les mathématiques, n'ayant pu jusque-là aller à l'école pour des raisons familiales. Durant son discours, je fis attention à me tenir bien droite, les deux mains posées à plat sur mes genoux, un sourire discret et poli étirant mes lèvres. Jeune fille sage et sérieuse. La directrice se laissa adoucir et me convoqua à des épreuves pour le lendemain : mathématiques, expressions écrite et orale en anglais, tests de logique. Un oral d'anglais ! Là, j'avais du souci à me faire. J'espérais juste que le reste compenserait…

Le lendemain, pas rassurée du tout, je me présentai bien avant l'heure qu'on m'avait fixée. Une jeune femme que je n'avais pas encore vue m'installa dans une petite salle obscure où je ne fis qu'une bouchée de la première épreuve, les mathématiques, m'ennuyai presque en attendant la seconde, les tests, qui passa tout aussi bien, et puis ça se corsa. En anglais écrit, il fallait disserter en une page maximum sur le sujet « What changes is the internet likely to bring to social relationships ? » Internet, je n'y connaissais rien, les relations sociales, s'il fallait en parler du point de vue des femmes nées au fin fond du Pakistan, j'avais quelques idées qui pouvaient me faire sortir directement par la petite porte. Et quoi ? On voulait savoir si j'étais capable d'écrire de l'anglais alors je décidai de choisir mon sujet en exprimant au début de ma copie que j'étais consciente de faire un hors-sujet et je fis un résumé de la vie de ma nouvelle amie, Marie Curie. Quant à l'oral, durant lequel on m'interrogea sur mes projets d'avenir, ce fut, comme je m'y attendais, une catastrophe : outre le fait que je ne connaissais pas grand-chose, voire rien du tout, aux poursuites d'études, ni même aux métiers possibles, ma peur de mal prononcer m'avait rendue quasi-muette.

La conclusion qui s'imposait avant celle qui concernait mon niveau d'anglais était que j'ignorais tout du monde dans lequel je vivais. Mes connaissances se résumaient à ce que j'avais appris dans des livres scolaires ou littéraires, c'est-à-dire à pas grand-chose !

Pendant que je passais l'oral, le reste de mes épreuves avait été corrigé et je fus immédiatement reçue par le directeur.

— Mademoiselle Khan, dit-il, votre cas est très spécial.

Si tu savais à quel point...

— Je sais.

— Il semble que vous maitrisiez parfaitement les mathématiques de dixième année, mais vous avez de gros problèmes avec l'anglais oral. De plus, apparemment votre niveau en culture générale est très faible. Vous avez prévenu vous-même que vous alliez faire un hors-sujet dans la dissertation, ce qui est quand même un peu cavalier. Ceci étant, votre rédaction - appelons-la comme ça - anglaise était à peu près correcte.

— Mais...

Il m'a coupée d'un geste de la main et je me suis tue, attendant la conclusion.

Mains sur les genoux, bien droite, léger sourire discret et poli.

Il a repris.

— En fait, ce qui a surtout retenu notre attention c'est le niveau exceptionnel de vos tests de logique. Avant de vous donner ma décision, j'ai besoin de vérifier une chose. Vous savez que les cours se font en anglais. Vous parlez à peine l'anglais, mais le comprenez-vous ?

— Oui, je crois. Je manque seulement de vocabulaire, mais pour les cours ça ne me gênera pas et puis, je vais progresser…

— Je pense que vous en avez effectivement les moyens. J'ai donc décidé de vous admettre en onzième année, charge à vous de rattraper rapidement vos points faibles.

J'aurais voulu sauter de joie, mais je me suis contentée d'un pâle et humble sourire.

— Merci beaucoup, monsieur, je ferai de mon mieux.

— Je n'en doute pas. D'après ce qu'on m'a dit, vous avez fait seule un bien plus rude chemin.

Il s'est levé et j'en ai fait autant.

— Madame Musharraf va vous donner la marche à suivre pour terminer votre inscription. À bientôt !

— Merci encore, monsieur, et, oui, à bientôt !

J'ai rejoint la directrice des études que je supposais être cette madame Musharraf. Elle m'a remis des documents à remplir pour le lendemain et informée que
je faisais ma rentrée le lundi suivant à huit heures et que j'allais avoir besoin d'un ordinateur. Aïe ! J'allais devoir demander à Salma de me prêter le sien dont elle m'avait dit ne pas se servir. Ce n'était pas une perspective réjouissante. Madame Musharraf m'a aussi demandé de choisir une seconde langue, la première étant l'anglais, parmi les trois possibles : ourdou, mandarin chinois et français. J'ai hésité quelques secondes : l'ourdou me donnerait moins de travail, ce qui était précieux, car j'allais en avoir déjà beaucoup avec le reste, mais le français, à cause de

mes conversations avec Bilal, me tentait. J'ai fini par opter pour cette solution. Tant pis pour la charge de travail ! Je n'imaginais pas alors que ce choix allait être déterminant pour le reste de ma vie.

Je suis sortie retrouver Bilal qui m'attendait dehors, assis sur un banc, en lisant le journal. Je l'ai regardé avec tendresse. Que serais-je devenue sans lui ? Et pourquoi faisait-il tout ça pour moi ? Ça faisait deux jours qu'à cause de moi sa librairie était fermée.

Je me suis approchée doucement, il a levé la tête et vu la joie dans mes yeux.

— Eh bien, voilà, comme il fallait s'y attendre, souris grise a réussi ! Bravo !

— Souris grise ?

— Oui, j'ai décidé de t'appeler comme ça. Les souris rongent tout, comme toi tu ronges les obstacles. Et rien ne te résiste. Et je ne parle même pas des livres que vous dévorez, les souris et toi, avec le même appétit.

— Bon, va pour souris grise même si ce n'est pas très flatteur.

— Alors ? Dis-moi tout…

— Je rentre lundi et en onzième année.

— Normal, puisque tu as quinze ans, n'est-ce pas ? a-t-il répliqué avec un large sourire.

— Exactement. Dis donc, pendant que j'y pense, et bien que ça n'ait rien à voir, il y a deux questions que je voulais te poser depuis longtemps :

— Eh bien, vas-y !

— D'abord, pourquoi tu fais tout ça pour moi ?

— J'ai un faible pour les souris grises, tout simplement.

— Non, Bilal, je suis sérieuse ! C'est très surprenant pour moi, tu sais. Tu es le premier adulte qui me témoigne de l'affection. Comme ça, pour rien. Je n'ai vraiment pas l'habitude. Monsieur Jaffri était gentil avec moi, mais il…

Soudain j'ai eu peur. *Est-ce que Bilal… ?*

— Ah oui, je vois bien quel genre de questions tu te poses ! Alors, laisse-moi te raconter une histoire : un jour, deux fillettes sont entrées dans ma librairie. L'une était vraiment toute petite et regardait partout avec des yeux vifs et pleins de curiosité. L'autre, la plus grande, osait à peine lever les yeux, sous son voile noir, parlait un ourdou teinté d'un dialecte pendjabi que je ne connaissais pas et voulait des livres « pour apprendre ». Ce jour-là, tu m'as bouleversé et, encore, je ne savais pas tout de ton histoire. Tu incarnais à toi seule tout ce que je savais de la misère sociale et intellectuelle des femmes de ce pays. Tu venais mendier des livres comme d'autres auraient mendié du pain. Tu avais faim, faim de tout ce qui fait la richesse de la vie et dont on t'avait privée. Et maintenant je te vois grimper les marches l'une après l'autre et ça me remplit de joie. Ne te pose pas de question, Sahar, profite de mon aide et dis-toi bien qu'elle ne cache rien de sournois.

— Je ne pensais à rien de ce genre.

— Bien sûr que si et c'est normal. Rassurée ?

— Oui, merci ! Je ne sais pas comment…

— Ta deuxième question ?

— Qu'est-ce que tu fais à Jhang ?

— Comment ça ? J'y tiens une librairie, non ?

— Bien sûr. Mais pourquoi à Jhang ? Ne serais-tu pas mieux à Lahore au milieu des tiens ? Sans compter que Lahore c'est quand même autre chose que Jhang !

— Ah, je vois… Écoute, je te répondrai un jour sur ce point, mais pas aujourd'hui, je ne suis pas prêt.

— C'est si grave que ça ?

— Ce n'est pas grave du tout, mais c'est très personnel.

— Bon, ai-je dit, en pensant qu'à n'en pas douter c'était une histoire de femme.

Le soir-même Bilal a reçu un coup de téléphone qui a paru le contrarier et il a brusquement décidé de repartir. Et, juste après, nous l'avons perdu.

18. J'ai raconté ma fausse histoire qui faisait de moi une pauvre orpheline

Et j'entrai au lycée, la tête dans les étoiles et la peur au ventre. Une peur de pauvre fille inculte et mal fagotée, même si les vêtements de Benazir, remis à ma taille la veille, avaient le mérite de me rendre transparente. Me fondre dans la masse, tel était pour le moment mon souhait. Surprise ! Sitôt le porche franchi, des bans de filles cheveux au vent dans la cour. Des filles étrangères, pour la plupart, mais, en scrutant les arrivées, on pouvait voir des pakistanaises faire disparaître leur voile d'un geste léger à l'entrée. Je n'ai pas hésité longtemps et le mien est allé rejoindre le fond de ma poche. Drôle de sensation que celle d'être dehors, les cheveux nus, aux yeux de tous. Mes cheveux, mes très noirs et de nouveau longs cheveux, enfin libres !

Madame Musharraf m'a accompagnée jusqu'à ma classe à laquelle elle m'a présentée. L'énoncé de mon nom à haute voix m'a un instant déstabilisée, mais je me suis vite reprise. J'étais bien cette Sahar Khan vers laquelle toutes les têtes s'étaient tournées. Le professeur m'a souhaité la bienvenue. Je me suis glissée au fond de la classe, à côté d'une pakistanaise, dont la beauté et le regard clair - le même que celui de Katherine - m'ont tout de suite frappée, et le cours de mathématiques a commencé. C'était un cours sur les suites arithmétiques, suites qui l'instant d'avant m'étaient totalement étrangères et me sont devenues immédiatement familières. Tout ce que disait cet homme me semblait évident. La révélation s'est imposée à moi ce jour-là : oui, j'étais nulle en anglais, mais, en revanche, je parlais couramment les mathématiques. À la fin du cours, le gentil professeur d'origine coréenne est venu me demander si « ça allait ». Je lui ai répondu que c'était parfait, que tout était limpide pour moi.

— Vraiment ? a-t-il dit, vous connaissiez déjà ces notions ?

— Pas vraiment, ai-je répondu dans mon anglais boiteux.

— Alors, êtes-vous bien certaine d'avoir compris ? Parce que je ne suis pas parti de zéro sur ce cours. On avait déjà travaillé deux heures sur les suites.

— Oui, je suis certaine.

— Voyons voir…

Et il m'a donné un petit calcul de limite à résoudre, ce qui m'a pris quelques minutes.

— Bravo ! Vous êtes étonnante. Le programme est très avancé ici par rapport à ce qu'on peut voir ailleurs et vous maitrisez ça très bien. Vous avez étudié où avant ?

— J'ai appris seule avec des livres.

— C'est vrai ? Je n'en reviens pas !

Il s'est tu un instant, puis m'a considérée avec ce qui ressemblait à une pointe d'admiration.

— Vous avez un bel avenir, mademoiselle.

Et la souris grise, que je savais maintenant tapie au fond de moi, s'est rengorgée, tandis que Sahar Khan s'entendait répondre, toujours dans son anglais boiteux.

— Puissiez-vous dire vrai, monsieur ! En tout cas, je vous remercie d'avoir pris le temps de vérifier que tout allait bien pour moi.

Le même jour, j'ai découvert la matière que j'allais comprendre aussi facilement que les mathématiques : l'informatique. Le cours en était dispensé par un petit homme sautillant à grosses lunettes rondes, toujours en mouvement, qui construisait sa progression comme un jeu et c'était un régal de jouer avec lui. J'avais tout de suite senti que la classe dégageait une belle énergie. Les esprits étaient vifs, les élèves concentrés. C'était très stimulant et, en informatique, c'était particulièrement spectaculaire. J'étais bien sûr débutante dans cette matière et je dus rattraper mon retard, mais ça ne me prit que trois semaines grâce à l'utilisation de l'ordinateur de Salma qui en faisait tellement peu de cas qu'elle m'avait autorisée à le mettre dans ma chambre. Je n'aimais travailler que là. La bibliothèque m'effrayait un peu et j'avais peur de m'y sentir mal venue. Et il y avait Ario qui, dès qu'il le pouvait, posait ses griffes puissantes sur mon épaule. Je détestais cet animal alors qu'au contraire Dana, la petite chatte blanche, était devenue une présence affectueuse à mes côtés de jour comme de nuit.

Dans la classe, on s'asseyait où on voulait, mais, tout de même, les filles étaient d'un côté et les garçons de l'autre sans que j'aie pu savoir si c'était un choix ou une obligation. Même si nous ne nous adressions pas encore la parole, j'avais continué à m'asseoir près de la belle pakistanaise aux magnifiques yeux clairs dont l'assurance - elle parlait et riait avec les garçons - me faisait un peu peur tout en me fascinant. C'était comme elle que je voulais être ! Nous commençâmes à faire connaissance à la fin du premier cours de français qu'elle suivait comme moi. C'était la fin de la journée et l'école était quasiment vide, j'avais grand besoin de me lier à quelqu'un et elle semblait bien disposée. Ce jour-là, nous n'échangeâmes que des banalités, mais, rapidement, nous en vînmes à nos histoires person-nelles. La sienne était dorée : père diplomate, mère médecin. Médecin ? Je n'en revenais pas !

— Elle a des clients ta mère ?

— On dit des patients et, dans son cas, ce sont plutôt des patientes.

Noor, c'était son prénom, avait aussi deux sœurs plus jeunes scolarisées comme elle à l'American School. J'ai fait leur connaissance plus tard : elles étaient aussi belles que leur aînée.

— Et toi, Sahar, raconte.

J'ai raconté ma fausse histoire qui faisait de moi une pauvre orpheline.

— Ça doit être terrible pour toi en ce moment ! s'est exclamée Noor.

J'ai alors réalisé que les inondations ne dataient que d'un peu plus de deux mois et que j'aurais dû être en plein deuil de mes parents. En deuil, je l'étais effectivement, mais de Katherine.

— Oui, en même temps, j'avais quitté la maison depuis des années pour travailler et je les avais un peu oubliés, mes parents.

— Tu vis où alors ?

J'ai hésité… Pas envie qu'on sache que je suis sans famille.

— Ah… Chez mon oncle et ma tante. Ils tiennent un restaurant.

— C'est donc ça, ton air triste…

— J'ai l'air triste ?

— Oh oui ! Triste et effrayée.

Oui, je sais, une pauvre fille…

— Eh bien, je ne m'en rendais pas compte.

Oui, bien sûr, j'étais triste ! La mort de Katherine me hantait toujours et la joie que j'avais à aller au lycée ne compensait pas le mal-être que je ressentais dans la grande maison rose. La cohabitation avec Salma se passait mal. Elle avait laissé tomber le léger vernis d'amabilité du début pour exprimer le fond de sa pensée qui était qu'en gros elle s'était fait rouler par Bilal. Je ne lui convenais en rien, sauf peut-être en cuisine. Elle avait espéré pouvoir discuter avec moi autour de la littérature, mais à ses yeux j'étais totalement inculte, ce que je ne contestais pas. Je lisais trop lentement l'ourdou et quant à l'anglais… Pourtant je faisais des progrès phénoménaux en tout, mais elle ne supportait même plus le son de ma voix. Quand je n'étais pas au lycée, les week-ends notamment, je vivais recluse dans ma chambre, ne sortant qu'au moment des repas pour aider Fatima et manger avec elle.

En plus, je n'avais eu aucune nouvelle de Bilal depuis son départ, ce que je ne comprenais pas. Salma non plus n'avait pas de nouvelles, mais ça ne la perturbait pas, d'autant qu'elle lui en voulait un peu. Quand j'avais essayé de lui en parler, elle m'avait répondu de son ton froid :

— Si tu crois que Bilal m'appelle tous les jours…

Non, sans doute, n'appelait-il pas Salma tous les jours et ce n'était pas non plus ce que j'attendais de lui, mais qu'il ne prenne aucune nouvelle de moi après avoir été si bienveillant m'étonnait. Au bout de trois semaines, n'y tenant plus, je suis allée en parler à Benazir. Benazir a, comme je le faisais depuis un moment d'une cabine, fait sonner le téléphone de la librairie. Pas de réponse. Elle est allée chercher Hamid.

— Ça fait longtemps que tu essaies ? m'a demandé ce dernier.

— Tous les jours, en sortant de l'école, j'essaie d'une cabine.

— Tu as raison, ce n'est pas normal. Je vais me renseigner et, au besoin, j'irai à Jhang. Ne t'inquiète pas, s'il était arrivé quelque chose de grave, la famille aurait été prévenue. Je te tiendrai au courant dès que j'en saurai plus.

Si, je m'inquiétais. Tellement que je n'en dormais plus. Et si sa disparition était liée à la mienne ?

Trois jours plus tard, Benazir m'attendait à la sortie du lycée. J'ai dit au revoir à Noor et je l'ai suivie un peu à l'écart.

— Bon, Bilal va bien.

— Et … ?

— Écoute, c'est compliqué…

— Dis-moi !

— Il s'est battu. Il est un peu amoché.

J'en suis restée muette quelques secondes.

— Il s'est battu ? Pourquoi ? Pas à cause de moi, j'espère ?

— Pourquoi se battrait-il à cause de toi ? m'a demandé Benazir étonnée. Et, pour cause, elle ne savait rien de mon histoire. Elle a poursuivi sans plus faire attention à la bizarrerie de ma remarque.

— Non, ça n'a rien à voir avec toi.

— Et pourquoi il ne répond pas au téléphone ?

— Peut-être qu'il a honte… En tout cas, je préfère qu'il te le dise lui-même, mais, surtout, s'il te plaît, ne dis rien à Salma. On a promis à Bilal qu'elle ne saurait rien.

— D'accord. Bien sûr… De toute façon, Salma et

moi on ne se parle presque plus.

— Ah ! Je ne suis pas très étonnée à vrai dire. Tu sais, j'en ai déjà discuté avec Hamid, il y a une chambre avec un lavabo au-dessus du restaurant. On avait un employé autrefois et il habitait là. Ce n'est vraiment pas luxueux, les toilettes sont celles du restaurant, c'est te dire… mais si tu veux…

Oui, oui, je veux. S'il te plaît…

— Tu sais, je n'ai pas d'argent.

— Qui te parle d'argent ? La chambre est inoccupée depuis des années, on ne va pas te faire payer un loyer. Et puis, il y a toujours de quoi manger au restaurant. Ce n'est pas une sauterelle comme toi qui va nous ruiner.

— Oh, ce serait trop bien. Je pourrais vous donner un coup de main le week-end.

— Oui, ça ne serait pas de refus. Le samedi soir, c'est vraiment difficile.

— C'est d'accord, bien sûr ! Je ferai le nettoyage du dimanche matin en plus. C'est trop trop bien !

J'ai serré Benazir dans mes bras.

— Il faut juste que j'en parle à Salma.

Et que je négocie pour garder l'ordinateur.

— Dis-lui qu'on a besoin d'aide, ce sera plus facile. Elle le sait, d'ailleurs, qu'on a trop de travail.

Le soir même, j'ai demandé à Salma si je pouvais lui parler. Je n'étais pas fière.

— Voilà, j'ai vu Benazir aujourd'hui. Elle m'a proposé de les aider un peu au restaurant. Ils sont débordés.

— Oui, je ne comprends d'ailleurs pas pourquoi ils ne reprennent pas un employé. Enfin, ça les regarde… Eh bien, parfait, va travailler un peu pour eux. Moi, ça m'est égal.

— Benazir m'a proposé la chambre de l'employé. C'est plus près du lycée et…

— Tu seras bien mieux chez eux, a-t-elle fini.

Oh que oui !

— Ce n'est pas ce…

— Si, si, c'est ça. Et tu as bien raison. Ils sont plus jeunes et plus aimables et puis on n'arrive à rien toutes les deux.

Le plus dur était à faire.

— Est-ce que je pourrais vous emprunter encore un peu l'ordinateur ? Je ne peux pas m'en passer au lycée. Je vous le rendrai dès que…

Elle a réfléchi un peu.

— D'accord parce que je ne m'en sers pas. C'est un prêt. Dès que tu as une solution, tu me le rends.

Ouf !

— Oui, oui, bien sûr !

— Tu pars quand ?

— Maintenant.

— Eh bien, c'est rapide ! Tu n'en pouvais vraiment plus d'être ici !

Et vous de supporter ma présence…

Je n'ai rien répondu. Elle a repris.

— Je sais que je n'ai pas été celle que tu imaginais, mais c'est réciproque. Ceci dit, je te reconnais un certain courage. Alors, bonne chance à toi !

— Merci pour tout.

Et j'ai tourné les talons. Le temps de dire au revoir à Fatima et j'étais dehors, mes vieux sacs en tissu contenant mes quelques affaires dans une main, le précieux ordinateur de Salma dans l'autre.

19. Comment un homme aussi doux et gentil pouvait-il se battre ?

La chambre que m'avait proposée Benazir était sous les toits et complètement borgne. L'ameublement se limitait à un lit, un placard, une petite table et une chaise. Pas franchement gai, ce qui m'était bien égal : pour la première fois de ma vie, j'avais un vrai sentiment de liberté ! Je pouvais sortir à mon gré, et directement en ville en plus, et rentrer quand je voulais. Plus d'horaires à respecter comme chez Salma. J'en ai immédiatement profité pour parcourir tranquillement le marché dans lequel Bilal m'avait fait courir et j'y ai déniché un joli pan de tissu ikat rouge pour couvrir mon lit et une petite lampe de chevet pour contrer la sinistre lumière renvoyée par le plafonnier de ma chambre. Je savais marchander, c'était un de mes acquis supplémentaires de Jhang, mais je n'avais pas d'argent, alors j'ai utilisé pour ces achats l'argent que m'avait donné Bilal à mon départ de Jhang. Je me disais que j'arriverais bien à le lui rendre un jour ou l'autre sur les pourboires que j'espérais du restaurant et que de toute façon il n'en voudrait pas. D'ailleurs, je commençais à avoir de bien plus sérieuses dettes avec mes frais de scolarité. Je savais qu'il avait négocié un rabais avec la direction de l'école, en mettant encore en avant ma triste histoire inventée. Bilal... Bilal... Comment un homme aussi doux et gentil pouvait-il se battre ? C'était vraiment incompréhensible. En tout cas, j'avais hâte de le revoir et de le faire parler. Alors que je rentrai « chez moi », je tombai sur une petite boutique dont la vitrine était garnie de mèches et de tresses de longs cheveux noirs. Les mots de Noura me revinrent en mémoire : « ça se vend cher ». Cher, vraiment ? Je n'avais pas le courage de pousser la porte de la boutique pour me renseigner.

— Le soir, je descendis voir Benazir, mon trésor sur les bras.

— Ah, oui, tu peux les vendre. Je sais même exactement où. Je peux m'en charger si tu veux, mais tu n'en tireras pas une fortune.

J'étais un peu déçue.

— Ta Noura aurait dû te dire que ça se vend cher... aux étrangers, surtout. Et tu peux imaginer qu'entre les étrangers et toi il y a du monde, à moins que tu n'en rencontres un dans la rue, prêt à payer sur le champ... Ici, en plus, c'est un moyen assez courant de gagner un peu d'argent quand on est vraiment dans le besoin. Sais-tu qu'il y a des gens qui vendent leur sang aussi ? Et même leurs reins ! Enfin, un de leurs reins. Bon, donne-moi tes cheveux, je vais essayer de t'en tirer mille cinq cents roupies.

Je calculai machinalement ce que cela me permettrait d'acheter en riz et légumes, les seules vraies références que j'avais. De quoi me nourrir un petit mois. Pas terrible ! Pour la fortune, il allait falloir attendre !

Trois jours plus tard, Benazir me glissa deux mille roupies dans les mains en me disant :

— Pour tes cheveux.

Je la remerciai, tout en ayant le sentiment qu'elle avait un peu arrondi la somme. Ces deux mille roupies me permettraient au moins de rembourser ce que m'avait donné Bilal pour le voyage et mes premiers jours à Lahore, une broutille par rapport au reste.

Et je l'attendais avec impatience, Bilal. J'étais presque persuadée que son histoire avait tout à voir avec la mienne. Enfin, il arriva un samedi alors que j'étais occupée à servir au restaurant et s'installa à une table. Je lui trouvai mauvaise mine et l'air triste. Il lui restait deux ecchymoses sur le visage. Je bouillais d'impatience de discuter avec lui. Pour cela, il me fallait finir mon service. Mais, quand il eut terminé son repas, il se leva, me salua d'un petit geste et s'éloigna. Ça alors ! Je le rattrapai en courant dans la rue :

— Il faut qu'on parle !

— Oui, si tu veux. Je passerai demain matin. Là, tout le monde est occupé.

— Tu dors chez Salma ?

— Oui, sans doute…

Et il s'éloigna d'un pas lent.

Le lendemain, j'étais sur le pied de guerre à six heures pour avoir fini mon ménage quand il arriverait et je dus en fait l'attendre jusqu'à onze heures. Nous nous installâmes à une table au soleil.

— Alors ? demandai-je

— Qu'est-ce que tu veux savoir ?

— Pourquoi tu t'es battu ?

— Il me semble bien que ça ne te regarde pas.

— Sauf si c'est lié à moi, ce que je crois.

— Là tu te trompes. Je n'ai pas revu Nawaz Jaffri depuis que je t'en ai parlé. Ça n'a strictement rien à voir avec toi.

— Je ne comprends pas.

— Quoi ?

— Franchement, tu n'es pas du style à te battre…

— Là, tu as raison. Ce n'est pas moi qui ai commencé, si tu veux le savoir.

— On a essayé de te voler ?

— Écoute, je n'ai vraiment pas envie d'en parler.

— Je vais continuer à croire que c'est à cause de moi…

— Oh, c'est pas vrai… Tu veux vraiment tout savoir ? Alors tu vas être servie : ouvre bien tes oreilles et ferme-les dès que ça te choquera.

Il s'est tu un moment et il a repris, gêné.

— Voilà : je suis homosexuel. En fait, c'est aussi bien que tu le saches. Tu ne te feras plus d'idées sur le pourquoi de mon aide et tu comprendras pourquoi

169

je me suis exilé à Jhang. Ici, trop de gens me connaissent.

J'étais abasourdie. Je ne connaissais pas le mot « homosexuel », mais j'entendais bien ce qu'il y avait de « sexuel » dedans. Bilal m'a regardée et a éclaté de rire.

— Ah, je vois, tu ne sais pas ce que ça veut dire…

J'ai secoué la tête.

— Ça veut dire que, sexuellement, je préfère les hommes aux femmes. C'est interdit au Pakistan et les hommes comme moi sont souvent harcelés et maltraités. Comme les femmes, finalement. Quelqu'un à Jhang m'a surpris avec mon ami et a décidé, avec une bande de copains, de nous punir. On était deux contre six alors ils n'ont pas eu de mal à nous rosser. J'ai même cru qu'ils allaient nous tuer.

Un long silence a suivi, puis Bilal a repris :

— Voilà, tu sais tout, tu es contente ?

Je ne savais vraiment pas quoi dire.

— Tu ne vas pas te mettre à m'éviter ou à me montrer du doigt, toi aussi ?

— Bien sûr que non !

— Alors, on n'en parle plus ?

— D'accord. Mais qu'est-ce que tu vas faire ? Retourner à Jhang quand même ?

— À vrai dire, je n'en sais rien. Mon ami est là-bas et ma librairie aussi, alors, oui, je pense, mais peut-être pas tout de suite. En tout cas, je ne veux pas que Salma apprenne quoi que ce soit, ni mon frère aîné Ali, d'ailleurs. Lui est intégriste et elle, elle je ne sais pas trop, mais très vieux jeu en tout cas. Elle ne comprendrait pas.

Celle qui ne comprenait rien, mais sans juger, c'était moi. Deux hommes ensemble ? Ça marchait comment ? Oh et puis peu m'importait !

20. Rien ne valait pour moi le bonheur de me faire une amie

Grâce à Benazir, Hamid et leurs enfants, la solitude me pesait moins. C'était une jolie famille où chacun avait son mot à dire et ne s'en privait pas, mais toujours avec respect et gentillesse. Les deux garçons âgés de quinze et treize ans ne faisaient pas grand cas de moi et c'était bien normal. Neha, la petite dernière, en revanche, essayait souvent de m'entraîner dans ses jeux. J'acceptais de temps en temps, par obligation envers Benazir, mais j'avais décidé une fois pour toutes de ne pas m'y attacher. D'une manière générale, d'ailleurs, je tenais ma place sans essayer de me glisser dans la famille, même si j'avais pris la liberté de la présenter comme mienne à Noor. Officiellement, Hamid et Benazir étaient mes oncle et tante. De fait, je prenais mes repas seule sur un coin de table, ne me mêlais jamais aux discussions. Avoir de la présence autour de moi me suffisait. Celle de Benazir était affectueuse et je savais que je pouvais compter sur elle en cas de problème. Benazir était un modèle de calme et de sérénité et je me demandais souvent comment elle faisait dans le tourbillon qu'était le restaurant.

Quoi qu'il en soit, j'avais cruellement besoin, sans pour autant m'en rendre compte, d'une amie de mon âge. Et cela se fit tout seul. Petit à petit, je me liai avec Noor. Elle était pourtant très différente de moi : à l'aise, extravertie, elle portait sa beauté avec superbe sans faire grand cas des garçons du lycée qui, bien sûr, lui tournaient autour. Comme moi, elle avait choisi le français comme deuxième langue :

— L'ourdou, mon père dit que ça n'a aucun intérêt. Le chinois, je n'y ai même pas pensé une seconde, beaucoup trop difficile ! Alors, le français… puisqu'il faut une langue de plus.

Ce n'était pas le choix que faisaient la plupart des élèves pakistanais, qui se contentaient plutôt de l'ourdou, mais les parents de Noor avaient de l'ambition pour elle.

Ceci étant, en français, elle s'était laissée distancer dès le début par paresse alors que, moi, j'attendais avec impatience chacun des cours. Autant je restais plutôt nulle à l'oral en anglais, autant je fus vite à l'aise en français. En anglais j'avais commis l'erreur d'apprendre à le lire et écrire sans le parler et j'avais inconsciemment pris de très mauvaises habitudes de prononciation. En revanche, le cours de français n'était que discussions et la bibliothèque de l'école regorgeait de livres de poésie et de littérature françaises. Je découvrais Hugo, Zola, Flaubert, Dumas et Baudelaire, que j'avais un peu de mal à comprendre, mais dont les mots m'enivraient à l'instar d'une boisson exquise et un peu sulfureuse.

Alors, je m'étais mise à aider Noor en français du mieux que je pouvais. Pourtant, ce n'était pas pour ça qu'elle acceptait et, peut-être même recherchait ma compagnie, mais plutôt, pensais-je, parce qu'à ses yeux j'étais un être étrange, bien différent de ses autres fréquentations. Du fait de mes origines, qu'on pouvait sans mal deviner modestes, je pense que j'avais pour elle comme un petit parfum d'exotisme. Sans doute aussi avait-elle un peu pitié de moi et, même si c'était un brin vexant, tant pis ! Rien ne valait pour moi le bonheur de me faire une amie et peu importaient les raisons de cette amitié.

Un vendredi soir, Noor me proposa de venir déjeuner chez elle le dimanche suivant. Trop bien ! J'avais le ménage du restaurant à faire pour Benazir le matin, mais, si je me levais tôt, j'aurais largement fini pour onze heures.

— Merci. C'est vraiment gentil. Tu es certaine que te ça ne dérangera pas tes parents ?

— Bien sûr que non, sinon je ne te l'aurais pas proposé !

— Alors d'accord. Tu habites où ?

— Non, on ne fait pas comme ça. Je passerai te chercher avec le chauffeur. Tu habites où, toi ?

— Dans la vieille ville.

— Ah ! Compliqué de circuler. On va se donner rendez-vous à l'extérieur.

Ainsi fut-il décidé. Ce jour-là, je rentrai surexcitée au restaurant. Il fallait que je prévienne Benazir que j'avais décidé qu'elle était ma tante, ce que j'aurais dû faire depuis longtemps, et surtout que je lui demande de l'aide pour les vêtements que j'allais porter.

Benazir sourit gentiment aux deux propositions. Pour la première, elle était d'accord bien sûr. Pour la seconde, elle me demanda :

— Tu veux passer pour ce que tu n'es pas ou jouer franc jeu ? En même temps, cette jeune fille doit bien savoir…

— Jouer franc jeu, bien sûr, mais quand même…

— Tu n'as pas d'autres vêtements que ceux que tu mets pour aller au lycée. Ils n'ont rien d'exceptionnel, mais ils sont propres, en bon état, et à ta taille. Alors…

— D'accord…

Elle avait raison et je fus heureuse de voir que Noor ne s'était pas non plus habillée de manière spéciale.

La maison était encore plus grande et belle que celle de Salma et, chose que je n'avais jamais vue, la terrasse s'ouvrait sur une piscine.

— Zut, j'ai oublié de te dire de prendre un maillot, me dit Noor en voyant mon regard sur la piscine. C'est pas grave, je t'en prêterai un.

Je ne répondis pas, espérant qu'elle oublierait vite cette idée.

Je fis donc la connaissance de ses parents qui se révélèrent être gentils et simples malgré leur évidente haute position sociale. Le déjeuner fut animé, les trois filles ne cessant de se chamailler en riant tandis que j'observais la scène sans oser y prendre part. Un déjeuner en famille… Bien que le contexte soit complètement différent, je nous revoyais Nawaz Jaffri, Kumail, Katherine et moi partager le même genre de situation. Que tout cela était déjà loin ! Comme je l'avais fait avec Nawaz Jaffri et Katherine, je me disais en découvrant l'amour qui se lisait dans les yeux du père quand il regardait ses filles : « Qu'est-ce que ça fait d'être la petite chérie de son père ? » Le constat était le même : je ne le saurais jamais.

Avant le repas, Noor m'avait fait visiter sa chambre qui avait pour moi des allures de palais : un lit immense, des fenêtres garnies de lourdes tentures ouvrant sur le jardin et, surtout, une salle de bain particulière. C'était la première fois de ma vie que je voyais une baignoire autrement qu'en photo dans un magazine - j'imagine qu'il y en avait une chez Salma, mais je ne l'avais jamais vue - et j'en restai bouche bée, ce qui fit bien rire Noor.

— Si tu veux, un jour tu viendras prendre un bain, me dit-elle. Pas aujourd'hui. Aujourd'hui c'est piscine.

Décidément, je n'allais pas y échapper et c'est ainsi qu'après le repas je me retrouvai dans cette chambre un maillot à la main, tandis que Noor se déshabillait sans aucune gêne en babillant. Quand elle fut complètement nue, elle se tourna vers moi et dit

— Tu ne te changes pas ? Y a quelque chose qui ne va pas ?

— Euh… Je ne peux pas.

— Quoi ?

— Me mettre en maillot.

— Pourquoi ?

— Je ne sais pas.

Parce qu'un jour, on m'a déshabillée de force, parce qu'on a ri de mon corps nu, parce qu'on l'a violenté encore et encore, parce que depuis nous cohabitons avec difficulté, parce que je n'ose plus le regarder, tellement que je le lave morceau par morceau et avec dégoût… Parce que…

Noor se tenait devant moi, entièrement nue, ses cheveux recouvrant presque ses seins, et je me disais qu'elle était belle alors que moi je devais être affreuse. Heureusement, elle ne s'est pas moquée de moi, n'a pas cherché à me forcer et m'a simplement dit en enfilant son maillot :

— Eh bien, ce n'est pas grave. Allons-y, tu tremperas tes jambes dans l'eau.

— De toute façon, je ne sais pas nager.

Elle n'a pas relevé et nous avons rejoint le bord de la piscine. Personne n'a fait de réflexion mal venue et j'ai passé une excellente après-midi, les jambes dans l'eau à regarder les filles jouer.

Je ne sais pas ce qu'a pensé Noor de ma drôle de réaction, mais c'est elle qui m'a aidée à sortir de l'impasse dans laquelle je m'étais enfermée en me prêtant plusieurs fois sa salle de bains.

La première fois, j'ai enlevé tous mes vêtements sans me regarder dans le grand miroir qui me faisait face et me suis coulée dans le bain moussant qu'elle m'avait préparé. C'était délicieux et, avec la mousse, mon corps disparaissait complètement.

Après plusieurs séances de ce type, j'ai fini par oser me faire face et me suis rendu compte avec surprise que j'étais belle moi aussi. Et puis, il y avait les vêtements. Elle en avait en pagaille et me proposait à chaque fois d'en essayer et même d'en emporter. C'est ainsi que, petit à petit, j'ai appris à accepter mon corps et, plus je l'acceptais, plus je me sentais légère et libre. Enfin vint un jour où je fus capable d'entrer jusqu'au ras du menton dans la piscine. Ce jour-là, les trois sœurs m'applaudirent, les deux autres ayant certainement été mises au courant par Noor de ce qui se passait. Je ne savais pas nager pour autant !

Bilal, Benazir, Noor… Des étoiles semées sur le chemin de ma rude vie. Et Nawaz Jaffri ? Je ne savais plus trop quoi en penser. Il m'avait appris à lire, il ne m'avait forcée à rien. J'aurais pu beaucoup plus mal tomber ! Penser à Nawaz Jaffri me ramenait à chaque fois à Kumail et à la culpabilité de l'avoir abandonné. Un jour, je retournerai à Jhang !

21. **Pourquoi la Suisse ?**

Les examens de fin de treizième année se profilaient quand Noor m'annonça qu'elle partirait en Suisse avec son père après la remise des diplômes. Partir en Europe, c'était une promesse que son père lui avait faite pour ses dix-huit ans si elle obtenait son diplôme.

— Quelle chance tu as ! Pourquoi la Suisse ?

— Parce qu'il doit aller à Berne pour son travail.

— Tu iras aussi en France ?

— On doit rester trois jours en Suisse pour son travail et après on ira en France. Il parait que la Suisse c'est très beau aussi. Il y a des lacs, des montagnes et il fait moins chaud qu'ici !

Le lendemain, nous regardions des images de la Suisse sur Internet quand Noor me dit :

— Et si tu partais avec moi ?

— Tu rêves… je n'ai pas de passeport et j'imagine qu'il faut un visa.

— Mais ça te plairait ?

— Évidemment ! Quelle question !

Quelques jours plus tard, elle m'annonça, triom-
phante :

— Papa dit que c'est possible que tu partes avec
nous.

— Comment… ?

J'étais sidérée.

— Tu as l'âge de ma sœur Malaika. Il suffit que tu
t'appelles Malaika le temps du voyage. On n'aura pas
de problèmes : mon père, quand il passe un contrôle,
les agents ne regardent même pas nos têtes. À cause
de sa position, tu comprends. Et même si on en avait,
des problèmes, mon père, tu sais, il peut tout
arranger. En plus, tu lui ressembles à Malaika.

— Tu es sûre ?

— Oui, oui, tu lui ressembles un peu. Et elle était
petite sur la photo. Elle peut avoir changé.

— Non pas ça… Tu es sûre que ton père est
d'accord pour m'emmener ?

— Il te connait et il t'aime bien. Et il serait rassuré
de savoir que je ne suis pas toute seule pendant ses
réunions.

— Malaika pourrait partir aussi, non ?

— Non. Malaika doit aller chez ma grand-mère
avec Sonia pendant les vacances. Si Sonia y va toute
seule, elle va s'ennuyer à mourir. Malaika ira aussi en
Europe pour ses dix-huit ans si elle obtient son
diplôme, ce qui est moins certain que pour moi,
d'ailleurs. Tu sais, mon père y va très souvent en
Europe.

— Et je n'ai vraiment pas besoin de papiers ?

— On n'a pas le temps. Tu auras ceux de Malaika.

— Vous partez quand ?

— Nous, tu veux dire… juste après les diplômes.

J'allais m'envoler pour l'Europe… C'était incroyable ! Il a fallu que je retourne un dimanche chez Noor et que j'entende son père me le dire de vive voix pour en être persuadée.

Après, j'ai appelé Bilal pour le lui dire avant de demander un « congé » à Benazir qui me l'a accordé

22. **Et soudain mon cœur a chaviré**

De Lahore à Jhang, 2017

Une des premières choses que je m'étais dites en réalisant que j'allais vraiment partir pour la France était qu'il fallait que je retourne à Jhang pour, au moins, tenir ma promesse à Kumail au cas où l'avion s'écraserait, car l'idée de monter dans un avion s'associait immédiatement dans ma tête à cette possibilité.

Retourner à Jhang. J'y avais souvent pensé et il me semblait que c'était le bon moment. Au fond, qu'est-ce que je risquais maintenant ? Nawaz Jaffri était sûrement passé à autre chose, il ne pouvait de plus pas imaginer que je reviendrais et, de toute façon, dissimulée sous un niqab, qui me reconnaîtrait ?

D'après mes calculs, le mieux était de partir un jeudi, juste avant les vacances scolaires d'été, c'est-à-dire le 29 mai, puisque je voulais passer deux jours à Jhang en période scolaire. Le gros ennui était que j'allais rater la remise des diplômes de fin d'études qui devait avoir lieu le 30. Eh bien, tant pis. Noor prendrait mon diplôme et mon dossier scolaire, dont j'allais avoir grand besoin. Je fis part de mes projets à Benazir qui, ne sachant pas comment j'avais quitté Jhang, ni qu'il y avait une remise de diplômes le 30, ne m'en détourna pas. Elle fut juste étonnée quand je lui demandais si elle pouvait me prêter un niqab, mais je lui répondis que c'était pour être tranquille dans le train et elle n'en demanda pas plus.

Pourquoi voulais-je tant y retourner à Jhang ? Ma promesse à Kumail était la raison que je me donnais, mais, si j'y réfléchissais bien, était-ce la seule ? Et même la plus importante ? Au fond, je savais bien que non. J'avais un passé à exorciser et je devais savoir ce qui était arrivé à ma famille. Il allait falloir en discuter avec Bilal. Je décidai que j'irais directement le voir sur place plutôt que de le prévenir avant de partir. Sinon, il allait tout faire pour m'empêcher de venir.

Grâce à mes pourboires, j'avais largement de quoi payer mes billets de train et de bus et j'étais beaucoup plus décontractée que la première fois à l'idée de voyager seule.

Une fois installée dans le train, je me mis à essayer d'imaginer ce qu'avait pu devenir Kumail. Il avait quinze ans maintenant puisque j'en avais dix-sept - mais dix-huit d'après mes papiers d'identité. Il était donc scolarisé dans le secondaire. C'était proba-blement un élève brillant et il m'avait sans doute reléguée dans un coin obscur de sa mémoire. Était-ce une bonne idée de lui remémorer les événements sinistres qui avaient précédé mon départ ? Non, sans doute pas, mais ne pas tenir ma promesse n'en était pas une non plus. La question était réglée. J'allais commencer par là et, pour le reste, on verrait bien sur place.

Mon train arriva à Jhang en fin de matinée. J'avais un long moment à attendre avant la sortie des écoles. Je pouvais aller directement voir Bilal, mais j'ai préféré m'asseoir sur un banc à proximité de l'école où j'avais si souvent emmené les enfants, car j'imaginais que Kumail y était probablement encore scolarisé, l'école étant aussi un collège. J'avais emporté un livre, mais je n'arrivais pas à lire tant j'étais à la fois excitée et anxieuse. Enfin, une cloche a sonné et des volées d'élèves sont sorties. Je me suis levée et glissée près du portail. Il ne fallait pas que je rate le mien qui avait dû bien grandir. Et presque tout de suite je l'ai vu. Seulement, il restait à la sortie de l'école. Il attendait quelqu'un. Il allait sans doute faire un bout de chemin avec un copain ou alors il attendait son père ? Dans les deux cas, ça devenait compliqué pour moi. Et soudain mon cœur a chaviré : une fillette s'avançait vers lui en souriant sous une masse de cheveux dorés. Ce ne pouvait être que… Katherine, Katherine bien vivante ! Je n'en croyais pas mes yeux, j'étais tétanisée. Comment était-ce possible ? Ils cheminaient maintenant tous deux en discutant et je les suivais de loin. Quoi faire du coup ? Les rattraper ? Bouleverser Katherine alors que je l'étais moi-même autant ? Non. Pas aujourd'hui, en tout cas. Il fallait d'abord que je me calme. Aller chez Bilal, c'était ça que je devais faire.

Quand j'ai poussé la porte de la librairie de Bilal, je n'avais toujours pas retrouvé mon souffle. J'ai soulevé mon niqab. Il m'a accueillie plutôt fraichement :

— Toi ? Qu'est-ce que tu viens faire ici ?

— Écoute, laisse-moi m'asseoir derrière et retrouver mon souffle, je t'expliquerai après.

Et sans attendre sa réponse, je me suis glissée dans son arrière-boutique. J'ai entendu le rideau métallique de la boutique se baisser et il m'a aussitôt rejointe.

— Alors, que se passe-t-il ? Qu'est-ce que tu fais là ?

— Écoute, peu importe pourquoi je suis là, mais ce qui est important c'est ce que je viens de voir : Katherine est vivante !

— Attends. Ne me dis pas que tu es allée chez Jaffri !

— Tu m'écoutes, oui ? Je te dis que Katherine est vivante ! Et, non, je ne suis pas allée chez Jaffri, je l'ai vue avec Kumail à la sortie de l'école.

— Tu es certaine qu'ils ne t'ont pas reconnue ?

— Sous mon niqab, ça m'étonnerait ! Katherine est vivante… Tu n'as vraiment pas l'air de te rendre compte…

— Tu t'es peut-être trompée !

— Bien sûr que non. Ses cheveux… Tu t'en souviens ?

— Non.

— Alors là, je ne sais pas comment c'est possible ! Ils sont dorés. Une petite fille aux cheveux dorés que Kumail attend à la sortie de l'école, c'est forcément Katherine.

— Soit et tant mieux. Ça ne me dit pas ce que tu fais ici.

— J'étais venue voir Kumail. Je lui avais promis, quand je suis partie, de revenir voir comment il allait, mais maintenant… maintenant je ne sais plus quoi faire…

— Rentre à Lahore, c'est le mieux, je t'assure !

— Comment c'est possible ?

— Quoi ?

— Que Katherine soit vivante !

— Peu importe. L'essentiel, c'est qu'elle le soit.

— Tu sais, si j'avais su ça, je ne serais jamais partie, je crois. Ça a changé ma vie. Tu ne veux pas aller leur parler, toi, demain, leur dire que je ne les ai pas oubliés ? J'ai peur de la réaction de Katherine. Si c'est moi qui y vais, elle ne va jamais accepter que je reparte. Et puis, j'ai autre chose à faire demain…

— Tu es complètement folle ! Si je parle en ton nom, Jaffri finira par le savoir et je serai dans de beaux draps.

— Oui, tu as raison bien sûr, je n'ai pas réfléchi.

— Retourne à Lahore, Zainab euh… Sahar. Ou alors réinstalle-toi chez Jaffri !

— Fiche-moi la paix, Bilal, laisse-moi réfléchir !

— Tu réalises comment tu me parles ?

— Excuse-moi, c'est juste que... Oh, je ne sais pas, je suis complètement perdue là et tellement heureuse en même temps.

Bilal s'est tu un bon moment avant de reprendre.

— Dis donc, il est tard maintenant, en fait, pour que tu repartes. Tu comptes dormir où ?

— Ici. Où veux-tu que je dorme ?

— Tu exagères quand même ! Tu débarques ici sans me prévenir et tu t'installes. J'ai une vie moi aussi. Et si on te surprend... Déjà que j'ai pas mal de problèmes...

— On ne me surprendra pas. Je vais faire attention et ce n'est que pour deux nuits.

— Deux ? Ah bon !

— Oui, demain, je voudrais aller attendre mes frères à la sortie de leur madrasa.

— Eh bien, il ne manquait plus que ça ! C'est quoi cette idée de retour aux sources ?

— Essaie de me comprendre. Je ne sais même pas si ma famille a survécu à l'inondation.

— Et si ce n'est pas le cas ?

— Eh bien, je le saurai. Je ne me poserai plus constamment la question. Demain, c'est le dernier jour d'école avant les vacances. Ils doivent rentrer à la maison. Tahir a certainement fini sa scolarité. Restent Kumail, Nasir et Usman. Usman a neuf ans, il doit être pensionnaire maintenant. Je préfèrerais ne pas voir Kumail, mais, bon, qu'est-ce qu'il peut me faire ?

— En parler à ton père chez qui ça va réveiller le désir de te retrouver.

— Et alors ? S'il m'a cherchée, il ne m'a pas trouvée. Il ne me trouvera pas plus cette fois-ci. En plus, je ne suis même pas certaine qu'il m'ait cherchée. Jaffri avait intérêt à me retrouver mais lui…

— Tu oublies l'honneur, Sahar ! Avant tu disais toi-même que s'il te retrouvait, il te tuerait.

— Oui, mais j'ai changé d'avis. J'ai beaucoup repensé à son attitude au moment où j'ai dû partir, à la manière dont il me l'a annoncé. Il était comme… embarrassé. Maintenant je crois qu'il était coincé et qu'il a au moins cherché quelqu'un dont il lui semblait qu'il me traiterait bien. C'était peut-être la seule chose qu'il pouvait faire pour moi.

Je ne faisais qu'exprimer ce à quoi j'avais déjà réfléchi maintes fois.

— Bon, écoute, c'est ta vie. Si c'est ce que tu veux… Si tu restes ici, tu ne dois plus mettre un pied dans la boutique et utiliser cette porte - il m'a montrée une porte au fond de la pièce - pour sortir et uniquement quand je te dirai que tu peux y aller. Il y a une ruelle derrière, je vérifierai que le chemin est libre.

— D'accord.

— Et, attends, je ne veux pas te voir revenir ici demain avec tes frères à tes trousses. Si ça se passe mal, tu te débrouilles !

— Ne t'inquiète pas de ça. Ils auront leur bus à prendre. Je n'aurai que quelques minutes pour les voir.

— Je te laisse le lit. Je dormirai dans le fauteuil.

— Mais non…

— Mais si…

Il y a eu un long silence.

— Bilal, tu n'es pas fâché ?

— Bien sûr que si…

— Bilal…

— Rappelle-moi d'installer un piège à souris !

J'aurais tout aussi bien pu prendre le fauteuil, car je n'ai pas dormi de la nuit.

23. **Les voir pouvait me suffire**

Jhang, 2017

Le lendemain, à quinze heures, je franchis comme un fantôme noir la porte de l'arrière-boutique de Bilal. La nuit blanche m'avait porté conseil : je n'irai pas parler à Kumail et Katherine, je leur écrirai, un jour, plus tard, quand je serai à l'abri de tout. L'essentiel était bien que Katherine soit vivante, l'amour n'est-il pas, comme je l'avais appris, d'abord dans les livres, puis un peu dans la vie, don de soi pour que l'être aimé soit heureux ? Je ne voulais pas bouleverser Katherine, qui m'avait semblé aller bien, pour me satisfaire de brèves retrouvailles. De plus, je ne pouvais pas être à deux endroits en même temps et j'avais une autre visite à faire qui elle, sans doute, ne bouleverserait personne sauf moi. Je n'avais jamais dû manquer à Kumail, quant à Nasir et Usman, ils m'avaient oubliée, c'était obligé. Aller à la madrasa allait me prendre un peu de temps et j'étais donc partie tôt pour être certaine d'être à l'heure. Du coup, j'étais arrivée en avance et j'avais vu le bus qui devait ramener mes frères chez eux - chez nous ? - se garer à proximité de la madrasa. Je ne savais pas de combien de temps je disposerai pour leur parler et, d'ailleurs, allais-je leur parler ? Les voir pouvait me suffire. La seule chose qui m'importait était de savoir si Usman allait bien.

En attendant que la madrasa ouvre ses portes, je repensais à la conversation que nous avions eue, Bilal et moi, autour d'un repas que j'avais préparé pour nous deux.

— Il faut que je te dise quelque chose, Sahar, que je t'aurais dit même si tu n'étais pas venue. Quelque part, ça tombe bien que tu sois là… Voilà, tu sais que j'ai des problèmes ici… à cause de…

Ton homosexualité. Et moi, je ne sais toujours pas bien ce que c'est.

— Oui, je sais.

— Alors, j'ai décidé de partir.

— Tu vas quitter Jhang ?

— Pas seulement. Dans ce pays, ce sera pareil où que j'aille. Il faudra toujours que je me cache.

— Tu vas quitter le Pakistan ?

— Oui. J'ai demandé un visa pour l'Angleterre et je viens de l'obtenir.

— L'Angleterre ? Pourquoi pas la France ?

— Parce que la communauté pakistanaise y est beaucoup plus importante qu'en France. J'ai plus de chances de pouvoir m'implanter facilement à Londres qu'à Paris.

— Et ton ami ?

— Il a demandé un visa aussi, mais ne l'a pas

encore obtenu. J'ai bon espoir. De toute façon, quoi qu'il arrive, je partirai.

— Tu seras libraire là-bas ?

— J'aimerais bien, oui !

— Tu pars quand ?

— Le plus vite possible. Dès que j'aurais vendu la librairie.

— Tu l'as dit à ta famille ?

— Non, pas encore. Je leur dirai au dernier moment. Tu es la première à qui j'en parle.

— On ne va plus se voir alors…

— Non, mais on va s'écrire. Dès que je serai là-bas, je te donnerai mon adresse et, qui sait, peut-être qu'un jour tu pourras venir, toi aussi. Pour poursuivre tes études. C'est courant, tu sais.

— Pourquoi pas maintenant ?

Je connais la réponse. Mais j'ai envie de poser la question.

— Parce que je ne peux pas m'encombrer d'une gamine alors que ça va déjà être très compliqué comme ça. Malgré tes petits arrangements avec ta date de naissance, tu es encore une gamine, non ? a-t-il ajouté en souriant.

— Si tu le dis… Moi, c'est en France que je voudrais aller.

— Eh bien, tu iras en France et on pourra peut-être se voir de temps en temps. Enfin, pas au début, parce que ce n'est pas très simple de circuler pour les étrangers, mais je compte bien devenir citoyen britannique et, alors là, je pourrai faire ce que je veux. Aller en France, ça me tente aussi, tu sais ! Et te revoir, j'en aurai sûrement très envie ! D'ailleurs, tu me raconteras comment c'est, la France, quand tu seras rentrée de tes petites vacances !

— Bien sûr…

— Tu as de la chance !

— Oui et toi aussi. Pouvoir quitter ce pays, ça me libèrerait tellement ! Et comme tu vas me manquer !

Et c'était vrai. Bilal était devenu un pilier dans ma vie, comme le frère aîné aimant que je n'avais jamais eu. J'étais un peu triste et je l'ai été encore plus en voyant sortir les élèves de la madrasa sans pouvoir repérer le groupe de trois que je cherchais. J'ai attendu, attendu… et le bus est parti. Qu'était devenu Usman ? Peut-être la famille avait-elle été déplacée, et, du coup, la madrasa n'était plus la même ? La seule personne qui aurait pu m'aider était Nawaz Jaffri… Je n'étais donc pas prête d'avoir des nouvelles et je suis retournée chez Bilal le cœur serré.

Avant que nous nous quittions, Bilal m'a tendu une enveloppe et m'a dit :

— Au cas où je partirais avant ton retour, voici un petit pécule pour t'aider à faire ce que tu veux l'année prochaine. J'espère que ça suffira. Quand j'aurai vendu la librairie…

— Non, Bilal, j'ai déjà mes frais de scolarité à te rembourser !

— Je ne me fais pas de souci pour ça. Tu es promise à un bel avenir. Dis-toi que c'est un placement que je fais.

Alors, j'ai accepté, avec la ferme intention de le rembourser. Cet argent, je risquais d'en avoir bien besoin.

— Merci, Bilal. Qu'est-ce que je serais devenue sans toi ?

— Tu te serais débrouillée autrement, souris grise, les personnes qui ont ta force se débrouillent toujours.

Il m'a prise dans ses bras, serrée contre lui et a ajouté :

— Tu n'as rien d'une souris grise, tu sais. Tu es une très jolie jeune fille.

24. M'évanouir le premier soir m'avait paru la meilleure solution

De Lahore à Genève, 2017

Et voilà, on y était ! Un taxi nous emmenait à l'aéroport. Par la fenêtre, je regardais défiler la banlieue de Lahore. Je n'étais jusque-là jamais sortie de la ville, mais ce que je voyais m'intéressait peu en raison de la boule qui me nouait le ventre. Même si certains semblaient y croire, il était impossible qu'un engin aussi lourd qu'un avion tienne en l'air suffisamment longtemps pour franchir les six mille kilomètres qui séparaient Lahore de Genève. J'allais mourir, c'était certain !

Noor, qui avait déjà pris l'avion une bonne dizaine de fois, riait de mon angoisse. Son père, lui, tentait de me rassurer, mais ce genre de peur est incontrôlable. J'ai découvert ce jour-là que j'étais aérophobe. Le voyage a été un cauchemar, mais je me suis bien tenue et n'ai explosé en larmes qu'en mettant le pied sur le sol de l'aéroport de Genève. De soulagement, je suppose.

Il faisait presque nuit quand nous sommes arrivés à l'hôtel après dix-sept heures de vol. Le temps était doux. La terrasse du restaurant de l'hôtel donnait sur le lac et le fameux jet d'eau que j'avais vu sur internet. Le spectacle de la ville dont les lumières s'allumaient les unes après les autres, avec, en premier plan, le jet d'eau lui aussi illuminé, était magnifique. Je m'en rendais compte, même si j'avais la tête ailleurs, et tâchais d'être à la hauteur de l'excitation de Noor.

— L'eau, les montagnes, il y a tout ici ! Je n'ai jamais rien vu d'aussi beau, papa !

— Ah bon ! Ce n'est quand même pas très gentil pour Lahore qui est une des plus belles villes du monde. Enfin, il me semble… Et toi, Sahar, ça te plaît ?

— Oh oui, monsieur, beaucoup ! En plus, on dirait que l'air est différent ici, plus léger.

— Plus pur, sans doute. À côté de Lahore, c'est une toute petite ville. Elle est beaucoup moins polluée. Et il y a la nature un peu partout…

Il a poursuivi, tandis qu'un serveur déposait la carte sur notre table.

— Alors, je vous propose de goûter à une spécialité locale, un poisson du lac, la féra, enfin s'il y en a ce soir…

Il a regardé la carte.

— Oui, c'est bon. C'est toujours ce que je mange ici, enfin quand c'est la saison. Ça vous convient, mesdemoiselles ?

Cela nous convenait.

Le poisson est arrivé avec des morceaux d'orange et de citron et du riz qui ne ressemblait pas du tout au nôtre. Je n'ai pas trop aimé, mais j'ai tout mangé. Il n'était pas question que je fasse preuve de mauvaise éducation même si je savais que j'allais gâter mon image dans très peu de temps.

Et nous sommes allées nous coucher, Noor et moi, dans notre chambre commune : une immense chambre luxueuse avec deux lits, chacun assez grands pour deux personnes, et vue sur le lac. Là, il m'a fallu attendre que Noor s'endorme, ce qui est allé très vite, pour me rhabiller sans bruit, sortir la lettre que j'avais préparée et la poser sur mon lit avec le passeport de Malaika. Il aurait pu m'être bien utile, ce passeport, mais je ne pouvais quand même pas pousser la muflerie jusqu'à le garder. En quelques minutes, le portier n'ayant prêté aucune attention à la souris grise que j'étais, je me suis retrouvée dehors, mon sac sur le dos. À quelques pas de l'hôtel, j'ai déplié le plan, repéré où j'étais, où j'allais, et je me suis mise à marcher.

Je n'étais pas fière de moi : abandonner des gens qui m'avaient aidée et auxquels je tenais était en train de devenir une vilaine habitude.

Je n'avais jamais eu l'intention de revenir à Lahore, l'occasion était trop belle, mais j'avais beaucoup hésité sur le moment et la méthode et m'évanouir le premier soir m'avait paru la meilleure solution. Attendre d'être à Paris aurait sans doute été plus judicieux, mais je me sentais totalement incapable de profiter plus longtemps des largesses du père de Noor et, surtout, de jouer la comédie pendant encore trois jours.

Voilà, le plus dur était fait, même si personne ne m'attendait au bout de ce dernier chemin.

Dans deux heures, si je marchais bien, je serais en France.

Sam

25. **En plus, j'imagine que tu aurais préféré rester sur ton matelas**

Annecy, 2018

Un vendredi soir de janvier, je suis repassée tard au lycée pour récupérer un paquet de copies que j'avais oublié d'emporter. L'alarme était mise, mais, en sortant de l'ascenseur, j'ai vu qu'un rayon de lumière filtrait sous la porte du débarras où nous stockons le matériel qui ne nous sert plus, des ordinateurs notamment, qui attendent là d'être donnés à des organisations caritatives ou d'être démontés pour nous fournir en pièces détachées. De fait, certains attendent vraiment longtemps, le local est un vrai bazar et c'est assez rare qu'on y entre. J'ai pensé que quelqu'un avait dû se servir et oublié d'éteindre et que Grégory, le gardien, ne s'en était pas rendu compte lors de sa tournée du soir. Alors j'ai poussé la porte pour éteindre et j'ai eu une drôle de surprise : dans un coin de la pièce, se trouvait un matelas et, sur ce matelas, quelqu'un dormait. Je me suis approchée et me suis rendu compte que ce quelqu'un était quelqu'une : Sahar ! Elle dormait profondément, un livre ouvert à côté d'elle. Je l'ai doucement secouée.

— Sahar ?

Elle a sursauté et m'a regardée avec des yeux effrayés.

— Je suis désolée… Je me suis endormie…

— Oui, j'ai vu.

J'ai pris le livre posé à côté d'elle.

— C'est ton roman qui t'a endormie ?

— …

— Bon. Tu peux me dire ce que tu fais là ?

— J'avais du travail alors…

— Ne me raconte pas d'histoires, Sahar. On est vendredi. Tu n'as pas de travail pour demain.

— …

— Qui sait que tu dors là ?

— Personne.

— Ça, ça me parait difficile. Ce local est habituellement fermé à clé, il me semble. Qui t'ouvre ? Grégory, c'est ça ?

— …

— Sahar, il faut que tu me répondes. Si tu ne le fais pas, je vais interroger Grégory.

— S'il vous plaît, ne lui faites pas d'ennuis.

— Je n'en ai pas l'intention si tu joues franc jeu avec moi.

— Oui, c'est lui. Il m'a donné la clé. Je lui ai dit que c'était juste pour de temps en temps parce que j'habite loin.

— Et on est vendredi soir. Donc, en fait, c'est tous les soirs. Tu habites ici. Il doit bien s'en être rendu compte, Grégory.

— S'il vous plaît…

— Oui, oui, j'ai compris. En attendant, tu vas venir avec moi.

Elle s'est affolée.

— Où ?

— Chez moi. Calme-toi. Tu n'as rien à craindre.

Elle s'est levée et a ramassé son matelas qu'elle est allée glisser derrière une rangée de cartons au fond de la pièce. Invisible. Puis, elle a fourré ses affaires éparses dans un gros sac à dos, celui dans lequel elle devait ranger toute sa vie et qui devait habituellement rester sur place derrière d'autres cartons, a attrapé un plus petit sac, sans doute son sac de cours, et m'a suivie.

Nous sommes sorties sous une pluie torrentielle et n'avons pas dit un mot ni l'une ni l'autre durant le trajet en voiture jusqu'à chez moi. J'étais très absorbée par ma conduite difficile et ne voulais de toute façon pas la brusquer. J'imagine que de son côté elle était tétanisée de peur.

— Tu as mangé quelque chose ce soir ?

On venait d'arriver chez moi et elle regardait autour d'elle comme un animal pris au piège, n'osant pas affronter mon regard.

— Détends-toi, ça va aller. Est-ce que tu as mangé quelque chose ce soir ?

J'ai entendu un tout petit « oui ». Je l'ai entraînée à ma suite dans l'escalier.

— Bon, je te montre ta chambre. C'est celle de ma fille Léa. Elle est en Italie pour un bon moment. Les draps sont propres. Si tu veux prendre une douche, c'est là. Il y a des serviettes dans l'armoire. Pendant ce temps, je nous prépare à manger. Quand tu es prête, tu descends. Ah, attends. Tiens, un pyjama, c'est à Léa.

Vingt minutes plus tard, elle redescendait, les cheveux mouillés, minuscule dans le vieux pyjama rose de Léa qu'elle avait pourtant retroussé par tous les bouts. Léa mesure un mètre soixante-quinze, Sahar sans doute pas plus d'un mètre soixante

— Oh, on dirait bien que tu n'es pas un morceau comme ma fille !

Ça ne l'a pas fait sourire. D'ailleurs, connaissait-elle cette expression ?

— Bon, viens t'asseoir là, on va diner, ai-je dit en lui désignant un des tabourets sous le bar de la cuisine. On mange tranquillement et après on va se coucher. On est bien fatiguées toutes les deux et on a un week-end entier pour discuter.

Je me suis installée à côté d'elle, c'était plus facile pour elle que nous soyons côte à côte que face à face, et j'ai picoré dans ma salade tandis qu'elle dévorait une cuisse de poulet froid et une bonne portion de légumes. Si elle avait mangé avant, elle avait vraiment un gros appétit !

Le lendemain matin, j'étais debout à l'aube. J'ai corrigé des copies, dont la sienne, excellente comme toujours, en attendant qu'elle se lève. Puis j'ai servi un petit déjeuner sur la table du séjour encombrée de mes copies. Je lui ai montré la sienne.

— Tu n'as que dix-huit parce que ce n'est pas assez rédigé, mais tout est juste.

— C'était facile.

— Je suis d'accord.

— Bon, alors, on discute un peu ?

— Si vous voulez. Merci beaucoup pour votre accueil, déjà.

— Je t'en prie. C'est bien le moins que je puisse faire. En plus, j'imagine que tu aurais préféré rester sur ton matelas où, un jour ou l'autre, on t'aurait découverte, sois en certaine. Entre parenthèses, ce n'est pas plus mal que ce soit tombé sur moi. Alors, je t'explique : je n'ai pas l'intention d'être indiscrète. Je voudrais juste connaître ton exacte situation aujourd'hui. C'est mon devoir, tu comprends ?

— Oui.

— Pour commencer, quel âge as-tu exactement ? J'ai regardé ton dossier à la rentrée, mais je ne m'en souviens plus. Tu as dix-neuf ans, c'est ça ?

Pourquoi tu hésites ?

— Oui, depuis trois jours.

Son anniversaire, il y a trois jours. Toute seule…

— Tu aurais dû le dire !

— À qui ?

— Je ne sais pas, moi… À la classe.

Elle me regarde comme si j'avais perdu la tête.

— Ok, je viens de dire une ânerie. Oublie, s'il te plaît, mais laisse-moi te souhaiter une belle dix-neuvième année, même si c'est un peu tard. Tiens, ce soir, je ferai un gâteau.

— Ce n'est vraiment pas la peine.

— Si, j'y tiens. Donc, si tu as dix-neuf ans, tu es parfaitement en phase avec le système scolaire français et tu t'en sors très bien. Bravo ! Magnifique adaptation !

À cette époque, je n'imaginais pas qu'elle avait en fait un an d'avance.

— Tu es en France depuis combien de temps ?

Nouvelle hésitation.

— Depuis le mois de juin.

— Tu es arrivée comment ?

— En avion jusqu'à Genève, en train après.

— Toute seule ?

— Non, avec des amis.

— Et ils sont toujours là ?

— Non.

— Tu as de la famille en France ?

— Non.

— Bon… Tu as des papiers ?

La question qui tue… je connaissais la réponse.

— J'ai une carte d'identité pakistanaise.

— D'accord.

— Comment tu as fait pour t'inscrire au lycée sans justificatif de domicile ?

— J'en ai un.

— Ah bon ?

— Oui. La mère de Grégory a été d'accord pour m'en faire un. C'était mieux que ce soit elle que lui, elle n'a pas le même nom. Elle est gentille, mais elle ne peut pas me loger, son appartement est tout petit et puis c'est loin du lycée.

— Je vois… Il est devenu une sacrée aide, Grégory, dis donc.

— Oui, il est gentil.

J'ai souri.

— Comme sa mère… Tu l'as rencontré comment ?

— Dès que je suis arrivée, j'ai cherché un lycée pour faire un BTS.

— N'importe quel BTS ?

— Non, un BTS scientifique et qui me permette de travailler facilement au bout de deux ans. Dans les lycées publics on m'a dit qu'il fallait passer par une procédure spéciale et je me suis dit que c'était trop compliqué et que ça ne marcherait pas. Alors j'ai essayé les autres. Dans votre école, on m'a admise tout de suite. Parce que j'ai un bon dossier scolaire. Elle sourit en ajoutant :

— Et que je suis une fille. Juste le contraire de chez moi.

Oui, c'était logique. Notre fameuse proportion souhaitée de filles si difficile à atteindre ! Les filles se croyaient encore trop filles pour étudier l'informatique !

— Seulement, il me fallait ce justificatif de domicile. Quand je suis sortie du bureau, j'ai rencontré Grégory qui déchargeait des cartons. Il m'a parlé et je me suis forcée à en faire autant. Depuis que je suis en France, j'essaie de parler aux garçons.

Pourquoi me dit-elle ça ?

— Voilà… Je ne sais plus trop ce qu'on s'est raconté, mais j'ai fini par lui dire que j'avais un problème et ça s'est fait comme ça.

— Et tu manges où ?

— À la cantine le midi.

— C'est tout ?

— Non, parfois, je sors acheter quelque chose.

— Tu as de l'argent, alors…

— Oui, un peu.

C'était en train de ressembler à un interrogatoire. Je me suis dit que ça suffisait pour la journée.

— Bon, on arrête là pour aujourd'hui. Alors, je te le dis tout de suite, il est hors de question que tu retournes dormir dans ton débarras. Tu vas dormir ici jusqu'à ce que je trouve une solution. Tu vas rendre la clé à Grégory et tu te débrouilles pour ne pas parler de moi. D'accord ?

— D'accord.

Et c'est ainsi que nous avons démarré notre cohabitation. Dans mon esprit, elle était temporaire. Dans celui de Sahar aussi, je suppose. Mais ce qui devait être temporaire est encore d'actualité à l'heure où j'écris ces lignes.

26. **Quelles cachotteries ?**

Depuis que j'ai installé Sahar chez moi, nous vivons, elle et moi, côte à côte plutôt qu'ensemble. J'ai choisi de lui laisser une grande indépendance et de ne pas m'imposer, car je sens que c'est ce qu'elle souhaite. Par exemple, je n'en sais pas plus sur son histoire même si je devine qu'elle est compliquée et douloureuse. Plus de questions. Je la laisse tranquille. Pour le moment…

Bien sûr, nous n'allons jamais ensemble à l'école. Elle n'est jamais remontée dans ma voiture en semaine, mais il arrive que je l'emmène en balade le week-end. Je lui ai ainsi fait visiter Lyon et Genève. Des occasions pour bavarder, si possible en anglais, ce qui ne dure en général pas longtemps, sur la France, l'Europe et son propre pays. Rien de personnel. Elle prend rarement ses repas avec moi, s'obstine à acheter ses propres provisions et, quand quelqu'un doit venir chez moi, elle sort ou s'enferme dans la chambre de Léa.

Un jour, pourtant, Claudie, qui a l'habitude de frapper deux coups, et d'entrer sans attendre que je lui ouvre, en clamant haut et fort « c'est moi ! », la surprend. Sahar, effrayée, dit bonjour et bat en retraite vers sa chambre.

— C'était donc ça, tes cachotteries, me dit Claudie

— Quelles cachotteries ?

— Je ne sais pas, tu es bizarre depuis quelque temps et tu parles beaucoup d'elle. On a toujours l'impression que tu vas sortir ton épée et pourfendre le premier qui fera une critique la concernant. Moi, par exemple, quand je dis que son anglais est mauvais…

— Ah bon ! Je ne m'en rendais pas compte.

— Elle n'a pas de papiers, c'est ça ?

— C'est ça.

— Tu sais que tu es dans l'illégalité la plus totale ?

— Je ne crois pas et quand bien même…

— Remarque, je te comprends. En plus, si quelqu'un mérite qu'on l'aide, c'est bien elle. C'est juste que tu aurais pu m'en parler.

— En tant que complice, tu aurais alors été dans l'illégalité la plus totale !

— C'est ça, fous-toi de ma sollicitude !

— Non, mais tu t'es vue, madame « je marche droit » ?

Nous éclatons de rire.

Je suis heureuse que Claudie soit au courant, heureuse de pouvoir parler de Sahar en toute liberté.

Claudie poursuit :

— Tu envisages l'avenir comment ? Tu vas la garder cachée chez toi toute ta vie ?

— Évidemment que non ! Elle fera une demande d'asile, mais pas tout de suite. On va attendre qu'elle ait son BTS, c'est une sacrée preuve d'intégration, non ?

— J'imagine, oui, mais je ne suis pas certaine que ça suffise. Il faudrait pouvoir prouver qu'elle était en danger dans son pays. Tu connais son histoire ?

— Non, mais elle est douloureuse, c'est évident.

— Il faudrait qu'elle l'écrive.

— Oui, tu as raison ! C'est une excellente idée !

J'attends le bon moment pour évoquer auprès de Sahar l'idée qu'a eue Claudie, mais c'est Sahar elle-même qui m'offre l'occasion un soir.

— Madame …

— Ça doit bien faire cent fois que je t'ai demandé de m'appeler Sam.

— Je n'y arrive pas.

— Bien sûr, je suis trop vieille !

— Non ! Ce n'est pas ça du tout ! Et puis, imaginez que je vous appelle Sam en cours !

Je ris.

— Allez, vas-y, qu'est-ce que tu voulais me dire ?

— Je voudrais vous préparer un repas pakistanais demain soir, ça me ferait vraiment plaisir.

— Ah, mais oui ! D'accord ! Et tu dîneras avec moi pour une fois ?

— Oui.

Le lendemain soir, quand je rentre, la porte de la cuisine est fermée et je sens que ça s'affaire dur derrière. Je frappe.

— On peut avoir un verre d'eau, s'il vous plaît, madame la cuisinière.

La porte s'entrouvre sur une petite main tenant un verre d'eau et se referme aussitôt.

Le dîner est somptueux et, bien sûr, beaucoup trop copieux. Les plats me sont expliqués un par un, le service est élégant, on se croirait au restaurant.

— Qu'est-ce que tu cuisines bien ! Je me souviens que tu l'avais dit dans ta présentation à la rentrée.

— Oui, je l'avais dit. Les autres parlaient beaucoup de la musique qu'ils écoutaient. Moi, la musique, j'en ai très peu entendu. L'art avec lequel j'aime me détendre, c'est la cuisine.

— Tu as raison, c'est bien un art. Tu pourrais travailler comme chef dans un restaurant.

— Je l'ai fait. Enfin, j'ai travaillé dans un restaurant, mais pas comme chef, bien sûr.

— Ah bon ?

— Oui, à Annemasse, dans un restaurant pakistanais. Juste à mon arrivée en France. Ça m'a permis de gagner un peu d'argent et d'être logée.

Tiens, une bribe de son passé auquel je ne connais rien.

Elle reprend :

— Enfin, si on veut… Je dormais par terre dans un coin. Mais j'avais des responsabilités en cuisine et on me faisait part des compliments des clients.

— Tu as souvent dormi par terre, dis-moi…

Elle sourit

— Dans mon pays, les lits sont en bois et il n'y a pas toujours de matelas alors…

Silence.

— Dis-moi, Claudie, enfin Madame Darras, et moi on a pensé à quelque chose : un jour, il faudra s'occuper de régulariser ta situation en France. Après que tu aies eu ton BTS, bien sûr. Ce serait bien si tu écrivais ton histoire… Je pense qu'elle est difficile, je ne me trompe pas ?

— Non.

— Ça pourrait jouer pour toi ici. Si tu étais en danger dans ton pays …

— Je n'étais plus en danger. Je l'avais été avant, mais, quand j'ai décidé de partir, j'étais tirée d'affaire. Des gens bien m'ont aidée et je les ai tous abandonnés.

Je la sens au bord des larmes. Elle reprend :

— D'ailleurs, je voulais vous demander : est-ce qu'on pourrait m'écrire chez vous ?

— Bien sûr !

— Parce que je voudrais écrire des lettres pour m'expliquer, mais je n'ai pas d'adresse à donner pour les réponses. Je n'ai pas osé demander ce service supplémentaire à Grégory.

— Je ne vais pas mettre ton nom sur la boîte, mais il suffit d'écrire « chez Madame Miebel » après ton nom et ce sera bon.

— Merci beaucoup.

Elle hésite et reprend

— Vous savez, je vous ai ajoutée à ma liste de bonnes étoiles. Sans vous…

— Si ça n'avait pas été moi, ça aurait été quelqu'un d'autre : tu mérites tellement qu'on t'aide.

— J'espère que je ne vais pas aussi me sauver de chez vous comme une voleuse. Méfiez-vous de moi !

J'élude.

— Alors, tu vas l'écrire, ton histoire ? Même si elle ne te sert pas de sauf-conduit ici, et, ça, on n'en sait rien pour le moment, l'écrire t'aidera à l'accepter, j'en suis presque certaine.

— J'ai déjà commencé. Pas pour que ça m'aide ici, mais pour tous les gens qui m'ont soutenue avant, je veux leur expliquer.

Elle se lève, grimpe dans sa chambre et en redescend avec une clé USB qu'elle me tend.

— Ah mais, je ne t'ai pas dit que je voulais la lire !

— Vous ne voulez pas ?

— Bien sûr que si, mais je ne veux pas que tu te sentes obligée.

— Je ne me sens pas obligée. Vous faites partie de ces gens qui m'ont soutenue, c'est aussi pour vous que j'écris, c'est plus facile que de raconter. Je vous préviens, il n'y a que deux chapitres pour le moment. Au moins, vous saurez vraiment qui je suis, ça me soulagera.

Il m'est impossible de me coucher sans avoir lu ce qu'il y a sur cette clé. Je m'attendais à une surprise, mais, là, elle dépasse tout !

Sahar

27. **Souvent, je repense à mon père**

J'ai beaucoup écrit ces derniers temps.

Des lettres qui commencent par « Je suis désolée » et qui se terminent par « J'espère ton/votre pardon ».

J'ai écrit à Benazir sur qui je compte pour m'envoyer l'adresse de Bilal à Londres. Si elle veut bien.

J'ai écrit à Noor et à son père. Ils doivent me détester…

J'ai même écrit à Nawaz Jaffri, espérant avoir par lui des nouvelles de ma famille.

J'ai écrit presque toute mon histoire, mais pas encore le passage le plus dur, celui qui hante encore mes nuits. Aujourd'hui, il me semble que je suis enfin capable d'aller jusqu'au bout.

La soirée fatidique repasse en boucle dans ma tête. Mon père vient d'être convoqué par le conseil des anciens. Ce n'était pas chose courante, mais Mariam et moi, qui profitions d'un moment de repos sur le banc, n'y avions pas vraiment prêté attention. Ces histoires d'hommes ne nous concernaient pas. Mais, à peine est-il parti que notre père revient, furieux, et m'ordonne de le suivre. Mariam me serre la main et je me lève. Il me faut presque courir derrière mon père pour le suivre sur le chemin qui mène à la maison du chef du conseil, Aziz Kalevala, mon cœur cogne et je repasse dans ma tête les moindres détails de ma journée : qu'ai-je bien pu commettre comme faute ? J'entre dans la maison en tremblant. Les anciens sont assis en rond. Au milieu du cercle se tient Amir Almani très énervé. Mon père me tire par la main jusque devant lui. Quelques-uns des anciens se lèvent, tournent autour de moi en marmonnant. Almani me détaille. Mes yeux se mouillent, j'ai l'impression d'être exhibée comme une bête. Enfin, Almani se détourne de moi et fait un signe à mon père qui me dit de rentrer à la maison. Je refais le chemin en sens inverse, secouée de larmes tellement j'ai eu peur. Mariam me questionne, mais je ne peux rien dire, je n'ai aucune idée de ce qui se passe. Longtemps après, notre père rentre à son tour, fou de rage, et claque la porte de la maison sur nous tous. Je tremble en berçant Usman, comme pour nous protéger tous deux de cette colère qui va exploser. Pourtant elle n'explose pas. C'est une colère froide bien plus profonde que les coups de gueule auxquels il nous a habitués.

— Quelqu'un de cette famille a commis un crime d'honneur.

Je vois Mariam se tourner vers Tahir qui a les yeux dans le vague.

— Quelqu'un de notre famille doit payer pour ça.

Il prend son temps.

— Le conseil des anciens a proposé Mariam.

Je ne comprends rien à ce qui est en train de se passer, mais mon cœur bat à tout rompre. Je regarde Mariam, ses yeux sont pleins de larmes, mais elle ne dit rien.

— Or, j'ai promis Mariam la semaine dernière au père de Samir Rajik.

Samir Rajik… Le gros vilain Samir Rajik. Mariam sanglote maintenant. Notre père hésite un instant, puis se tourne vers moi.

— C'est donc toi, Zainab, qui devra payer pour ce crime.

Mariam se lève et sort de la maison en courant. Notre père ne s'en émeut pas, ce qui m'étonne.

— Quant à toi, Tahir, tu es une honte pour nous tous. L'offensé n'accepte pas de se contenter de Zainab parce qu'elle est très jeune, il aurait préféré Mariam, il a donc demandé en plus à te corriger lui-même et c'est ce qui sera fait. Tu seras fouetté demain. Cela me convient, tu l'as bien mérité.

Et c'est seulement à ce moment-là que notre mère se met à pleurer, sitôt suivie d'Usman. Je sors à mon tour dans l'espoir de trouver Mariam. Mariam n'est pas là et je reste assise sur le banc à tourner et retourner ce qui vient de se passer. Je comprends que je vais être punie à la place de Tahir pour quelque chose de grave qu'il a fait. Mais qu'a-t-il fait et quelle est la punition ? Trop de questions ! J'attends Mariam pour qu'elle m'explique et, d'ailleurs, comment

Mariam peut-elle être encore dehors alors qu'il fait nuit ? Je finis par me coucher. Personne n'a mangé, personne n'a parlé ce soir. Quand Mariam se glisse dans notre lit alors que tout le monde dort, je lui demande de m'expliquer ce qui m'attend. Je dois la supplier, car elle ne veut pas parler. Et enfin, d'une voix morte, elle dit :

— Tahir a dû violer une fille du village. Je pense que c'est Aisha Almani...

— Oui, oui, c'est elle ! Amir Almani était au conseil et m'a examinée comme si j'étais une bête.

— Bien sûr, dit Mariam, elle est très jolie et ça fait un moment qu'il tourne autour d'elle...

Puis elle reprend :

— Alors, en représailles, l'aîné des Almani, Ali, va te violer demain.

Je suis abasourdie. Parce que Tahir a....

— Moi, je n'ai rien fait !

— Bien sûr, Zainab, tout le monde le sait ça, que tu n'as rien fait. Tu es juste le moyen de laver l'honneur des Almani et de régler le conflit entre nos deux familles.

Je me tais un moment tandis que Mariam sanglote.

— Mariam, ça veut dire quoi exactement violer ?

— Ça veut dire entrer dans ton corps avec son... Enfin, tu vois, quoi.

Je sais ce que c'est qu'un truc de garçon. J'ai trois frères plus jeunes que moi, j'en ai lavé un nombre incalculable de fois des trucs de garçon. Je ne vois pas bien comment...

— Comment il fait l'homme pour rentrer ?

— Je ne sais pas bien. C'est par en bas, là où tu perds du sang.

— Hein ? Mais c'est dégoûtant et il va voir mon corps !

Bien sûr, c'est ça la punition…

— Oui, sans doute même tout entier. Il en aura envie.

— Je vais être salie. Tu vois, je ne pourrai pas me marier.

Et, un instant, je caresse cette idée.

— C'est probable. Et je préférerais être à ta place plutôt que d'épouser cet horrible Samir qui va pouvoir faire ce qu'il veut de moi pendant toute ma vie, reprend Mariam en sanglotant de plus belle.

— Et si on s'enfuyait ?

— Tu n'y penses pas… Notre père aurait tôt fait de nous rattraper et il nous tuerait.

— Peut-être que ce serait mieux.

— Peut-être. Allez, dors maintenant.

Et je ne m'endors pas. Je pense à Ali Almani qui va me voir nue et mettre son petit truc dans mon corps, ce qui ne me terrifie pas tant que ça. Même si c'est impur, honteux, interdit et tout ce qu'on veut, je m'arroge le droit de me lancer dans une exploration de mon entrejambe. Je dois trouver par où il va faire ça. Et je ne mets pas longtemps à trouver, mais je ne comprends toujours pas comment il est possible de rentrer ce truc qui pendouille dans un aussi petit trou. Quoique, il m'est arrivé en lavant Usman de voir le truc devenir dur. Est-ce que c'est ça qui rend la chose possible ? Alors je me souviens de ces deux chiens accrochés l'un à l'autre un jour dans le village et qu'il avait fallu séparer. Est-ce que je risque de rester accrochée à Ali Almani ? Tandis que je pense à tout ça, mes doigts poursuivent leur exploration et ça devient d'un coup très agréable. Une sensation délicieuse m'envahit, mes doigts répondent et bientôt un plaisir inconnu me submerge. Quand ça s'arrête, je ne sais pas quoi en penser. Que m'est-il arrivé ?

Finalement, je m'endors et c'est Mariam qui me réveille le lendemain. En attendant l'heure fatidique, je passe et repasse les images que je me suis faites d'Ali Almani entrant en moi. Ce sont des images complètement incongrues, mais pas si terribles que ça, au fond. Pourtant, le moment venu, c'est une autre histoire. Quand le grand et fort Amir Almani vient me chercher, je n'en mène pas large. Il me prend par la main, comme un bon père, et me conduit jusqu'à sa cabane à outils où se trouve déjà Ali, grand et fort lui aussi. Quand la porte de la cabane se referme sur nous trois, je comprends qu'ils vont s'y mettre à deux et que je vais vivre un enfer. Vite déshabillé, chair la plus intime fouillée, mon corps nu n'a plus un secret pour eux quand le père me pousse sur une pile de sacs de blé, retrousse sa tunique et baisse son pantalon. J'ai le cou cassé contre les planches de la cabane, ce qui me permet de voir précisément ce qu'il en sort et ça n'a rien à voir avec ce que j'ai imaginé. Plus question d'observer ça de loin, la terreur me saisit. Il s'en rend compte et éclate de rire. Quand il s'enfonce en moi, je sens quelque chose se déchirer. La douleur est épouvantable. Je me débats et hurle, mais il me maintient de ses quatre membres musclés. Je m'étouffe dans son odeur de sueur âcre tandis qu'il me laboure le ventre en se moquant bien de mes cris de douleur et, par bonheur, la suite m'échappe parce que je m'évanouis. Quand je reviens à moi, la première sensation que je ressens est celle d'un immense soulagement : ils sont partis ! Puis vient la douleur, un fer rouge me creuse le ventre, et, enfin, la honte. En me relevant, je constate que je saigne abondamment entre les jambes, mais aussi sur la joue gauche, où j'ai dû être blessée par un clou saillant d'entre les planches.

Les heures passent. Impossible de sortir de cette cabane au grand jour, personne ne doit me voir, alors j'attends la nuit, recroquevillée sur les sacs de blé, le sang gouttant entre mes jambes. Quand le noir me semble assez épais, je me décide à rentrer, trébuchant à chaque pas sur les pierres du chemin. Sitôt que j'ai poussé la porte de la maison, ma mère m'envoie me laver. Sûr que j'ai besoin d'elle pour comprendre de quoi j'ai l'air ! Dans les yeux de mon père je ne lis ni dégoût, ni mépris, mais quelque chose qui ressemble à de la compassion. Plus tard, Mariam, qui, bien sûr, est encore vierge, me posera des questions, mais je serai incapable de lui répondre. Je ne sais plus ce qu'on m'a fait. Horriblement mal, c'est tout. Et, dès le lendemain, je comprends en recevant la première pierre que je suis devenue une pestiférée.

Souvent, je repense à mon père. Je me souviens bien du long laps de temps qui s'était écoulé entre mon départ du conseil et son arrivée à la maison, alors que les deux lieux étaient tout proches. Que s'était-il passé durant tout ce temps ? Et s'il s'était battu pour essayer de me faire échapper au sort qui m'attendait ? S'il avait parlementé avec Almani et le conseil ? Fait tout son possible pour finalement devoir s'incliner, car la jirga avait loi sur lui. Sa colère quand il était revenu ne semblait pas uniquement dirigée contre Tahir. C'était une colère plus large, la colère d'un homme coincé. Alors, bien sûr, je pouvais me dire que son problème était qu'il ne pourrait jamais marier sa deuxième fille. Mais il y avait eu, à mon triste retour de la cabane, ce regard dans lequel j'étais maintenant certaine d'avoir lu de la compassion et puis sa main sur mon épaule sur le banc devant la maison et ces mots « ça va bien se passer, Zainab » qui m'avaient alors donné envie de hurler « Qu'est-ce que tu en sais ? », mais il savait, en fait. L'homme, Nawaz Jaffri, il avait dû le chercher, se renseigner sur lui, pour ne pas jeter sa fille, qui ne pouvait plus rester au village, dans la gueule du loup. Nawaz Jaffri n'était certes pas parfait, mais ça aurait pu être tellement pire ! Je remontais en arrière, essayais de me souvenir d'attentions que mon père aurait eues pour moi, mais, non, rien ne venait, hormis ce regard et cette main sur mon épaule. Pourtant j'étais sûre que cette nouvelle version de l'histoire était la bonne. J'aurais aimé pouvoir en parler avec lui. Oui, j'aurais aimé.

28. Facebook est mon ami !

Des Kumail Jaffri sur FaceBook, il y en des centaines. Des Kumail Jaffri habitant Jhang, beaucoup moins. Et, un jour, alors qu'une fois de plus je cherche le mien, je le trouve. Pas moyen de me tromper, même si c'est maintenant un bel adolescent de seize ans : je reconnais au premier coup d'œil le regard un peu sombre et intelligent de « mon » Kumail.

Il vient de s'inscrire sur FaceBook. FaceBook est mon ami !

Illico, je rédige mon message auquel j'ai si souvent pensé.

Cher Kumail,

C'est moi, Zainab. Comme je suis heureuse de te retrouver là ! Je ne sais pas si tu as réussi à me pardonner de vous avoir ainsi abandonnés, mais je vais au moins pouvoir te dire que j'ai essayé de tenir ma promesse de revenir te voir. Je t'ai attendu à la sortie de ton collège à la fin de l'année scolaire dernière, le 30 mai exactement, et je t'ai vu sortir. Mais tu n'étais pas seul. Une jolie petite tête blonde t'accompagnait que je n'ai pas voulu bouleverser en me montrant et en disparaissant à nouveau ensuite. Katherine est vivante ! Quel bonheur pour nous tous ! Je t'écris de France où je vis maintenant. J'ai écrit à ton père, qui doit terriblement m'en vouloir, je doute qu'il me réponde. J'espère que toi, tu me répondras. J'ai plein de choses à te raconter.

La réponse m'arrive le lendemain.

Chère Zainab,

Je crois que je ne t'en ai jamais vraiment voulu, et papa non plus, parce que le lendemain de ton départ, quelqu'un est venu nous dire que Katherine nous attendait dans un hôpital. Alors, la nouvelle a pris le dessus sur tout. En fait, Katherine avait été charriée sur une longue distance, mais probablement en arrivant à reprendre son souffle de temps en temps, jusqu'à ce qu'un homme la voie et la sorte de l'eau. Elle est restée inconsciente, puis confuse, quelques jours, Et comme c'était la panique partout, du temps s'est écoulé avant qu'on nous contacte. Bref, tu es partie et elle est revenue. C'est elle qui t'a beaucoup réclamée et t'en a peut-être un peu voulu. On a inventé une histoire : tu avais été obligée de retourner dans ta famille pour t'occuper de ton petit frère. Papa a engagé une autre fille avec laquelle il vient de se marier. Katherine ne parle plus beaucoup de toi. Je suis heureux que tu ailles bien, heureux que tu ne nous aies pas oubliés. C'est comment la France ?

Kumail

Et je me mets à pleurer comme une gosse devant l'ordinateur. Sam accourt aussitôt.

— Qu'est-ce qui se passe, Sahar ? Une mauvaise nouvelle ?

— Non.

— Quoi alors ?

— Je viens d'avoir des nouvelles des miens… Enfin, d'une partie des miens.

Sam, derrière moi, passe les bras autour de mes épaules et me serre contre elle. Je me laisse aller, c'est doux.

Le soir, en me couchant, je me sens apaisée. Peut-être aurai-je des nouvelles de ma famille de sang par Nawaz Jaffri. Peut-être…

Il n'y a qu'un Usman Bakhash sur Facebook et ce n'est pas le mien. Le mien n'a que dix ans, je sais bien qu'il ne peut pas encore se promener dans le virtuel. De plus, il vit dans une madrasa, où on ne doit pas encourager ce genre d'activité. Mais j'attendrai le temps qu'il faudra et, un jour, c'est sûr, j'irai l'accueillir à l'aéroport de Genève.

Sam

29. **Écrire, peut-être ?**

Annecy, 2024

Max a passé plus d'un an en clinique. Quand il en est sorti, j'étais certaine de ne plus l'aimer, c'était triste, mais plus personne n'y pouvait rien. Le cœur est ainsi, c'est la vie, dit Léa, qui vient aussi de quitter son copain… pour emménager avec le nouveau, Lorenzo.

Bastien nous a annoncé qu'il allait épouser Anne-Laure au printemps prochain. Je l'aime bien, Anne-Laure, dont je crois que c'est la seule copine que Bastien ait jamais eue, mais ne sont-ils pas tous les deux un peu jeunes pour le mariage ? Enfin, cela ne me regarde pas.

En juin 2019, Sahar a obtenu haut la main son BTS d'informatique. Pour fêter ça, je l'ai emmenée voir la mer, elle en rêvait, et, dès notre retour, nous avons entamé les démarches pour sa régularisation qui lui ont permis d'avoir assez rapidement un titre de séjour.

Sahar et moi avons vécu ensemble la crise Covid à la maison. Une belle occasion de briser le petit reste de glace qui nous séparait encore. Sahar avait depuis longtemps terminé le récit de son histoire et elle allait mieux. Petit à petit, la gaité lui venait.

J'ose à peine le dire, mais le confinement est pour moi un joli souvenir. C'était le printemps, un printemps doux et ensoleillé, comme c'est rarement le cas à Annecy. Sahar et moi inventions presque chaque jour un nouveau trajet autour de la maison sans trop dépasser le kilomètre. Parfois, Claudie, toujours célibataire, nous rejoignait en douce.

Sahar est aujourd'hui définitivement tirée d'affaire : elle vient tout juste d'obtenir son passeport français après avoir travaillé trois ans en tant que technicienne en informatique. Elle a décidé de ne plus travailler maintenant qu'à mi-temps pour pouvoir reprendre ses études. Elle vise un diplôme d'ingénieur et un travail à Genève.

Il m'arrive de me surprendre à dire « la chambre de Sahar » en parlant de celle de Léa, mais je sais que, de sa chère Italie, ma fille ne m'en veut pas pour si peu.

On voit de plus en plus un certain Jonathan, mais Sahar m'a confié qu'elle n'était pas encore prête à s'abandonner dans les bras d'un homme et comme je la comprends !

Cette année d'enseignement est ma dernière, je n'en peux plus de courir après de nouvelles technologies. J'ai donné ma démission. Je n'ai pas encore de projet pour la suite.

Écrire, peut-être ?

Postface

J'ai écrit cette histoire, de fiction, en m'inspirant notamment de l'histoire bien réelle d'un jeune togolais - que j'appellerai Kodjo - arrivé en France à seize ans.

Quel est le rapport, me direz-vous ?

Effectivement, Kodjo n'a pas grand-chose à voir avec Sahar, à ceci près que, comme elle, c'est un réfugié - lui pour des raisons politiques qui sortent de ce cadre - qui n'avait, à son arrivée, aucun repère et qui réussit aujourd'hui brillamment une carrière d'informaticien en France.

Tous deux sont arrivés en France en se faisant passer pour le fils/la fille d'un homme avec lequel ils avaient sympathisé. Tous deux, malgré un parcours semé d'embuches, se sont lancés, presque au hasard, dans une carrière en informatique qu'ils mènent brillamment. Tous deux sont toujours en recherche d'une famille dont ils n'ont plus de nouvelles. Tous deux m'impressionnent à plus d'un titre.

La découverte d'un réfugié dormant dans un local technique, je l'ai vécue aussi - j'étais alors étudiante en DEA - quand, un matin, l'un de nous, ouvrant la porte d'un local de ce type, a eu la surprise d'y découvrir un des autres étudiants endormis. Ce dernier vivait là depuis la rentrée.

Certes, j'ai inventé Zainab, mais il suffit malheureusement de s'intéresser aux actualités pour connaître la manière dont sont trop souvent traitées les fillettes et les femmes dans les endroits dominés par l'intégrisme. Elles sont, la plupart du temps, entièrement soumises aux volontés des hommes, père, frère, mari ou même fils, et leurs droits les plus élémentaires sont constamment niés. Combien de fillettes mariées ou violées pour rembourser des dettes d'honneur ? Combien de femmes lapidées pour avoir osé aimer un homme en dehors du cadre imposé ? Le pire est en Afghanistan, où elles vivent recluses, coupées de tout. Je viens tout juste d'apprendre que le dernier lien qui leur restait avec le monde, le téléphone portable, leur était à son tour enlevé.

Et les droits des femmes sont aussi toujours menacés dans des pays dits civilisés. Ainsi, aux USA, des assemblées essentiellement masculines ne viennent-elles pas d'interdire l'avortement ?

Alors, si mon histoire est une « success story », que l'on ne s'y trompe pas : dans la vraie vie, pour une histoire de ce genre se terminant bien, il y en a une infinité de douloureuses.